VIAGENS NO SCRIPTORIUM

Obras do autor publicadas pela Companhia das Letras

*Achei que meu pai fosse Deus* (org.)

*Da mão para a boca*

*Desvarios no Brooklyn*

*A invenção da solidão*

*Leviatã*

*O livro das ilusões*

*Noite do oráculo*

*Timbuktu*

*A trilogia de Nova York*

*Viagens no scriptorium*

PAUL AUSTER

# Viagens no scriptorium

*Tradução*
Beth Vieira

Copyright © 2006 by Paul Auster

*Título original*
Travels in the Scriptorium

*Capa*
João Baptista da Costa Aguiar

*Ilustração da sobrecapa*
Andrés Sandoval

*Preparação*
Márcia Copola

*Revisão*
Otacílio Nunes
Marise Simões Leal

Dados Internacionais de Catalogação na Publicação (CIP)
(Câmara Brasileira do Livro, SP, Brasil)

Auster, Paul
Viagens no scriptorium / Paul Auster ; tradução Beth Vieira. —
São Paulo : Companhia das Letras, 2007.

Título original: Travels in the Scriptorium.
ISBN 978-85-359-0964-7

1. Ficção norte-americana I. Título.

07-0040 CDD-813

Índice para catálogo sistemático:
1. Ficção : Literatura norte-americana 813

[2007]
Todos os direitos desta edição reservados à
EDITORA SCHWARCZ LTDA.
Rua Bandeira Paulista 702 cj. 32
04532-002 – São Paulo – SP
Telefone (11) 3707-3500
Fax (11) 3707-3501
www.companhiadasletras.com.br

*para Lloyd Hustvedt*
*(em memória)*

O velho está sentado na beira da cama estreita, mãos espalmadas sobre os joelhos, cabeça baixa, olhando fixo para o chão. Não faz idéia de que há uma câmera instalada no teto, bem em cima dele. Em silêncio, o obturador clica de segundo em segundo, produzindo oitenta e seis mil e quatrocentas fotos a cada revolução da Terra. Mesmo que ele soubesse que está sendo vigiado, isso não faria a menor diferença. Sua mente está em outra parte, perdida em meio às fantasias que lhe passam pela cabeça enquanto busca uma resposta para a pergunta que o atormenta.

Quem é ele? O que faz aí? Quando chegou e quanto tempo vai ficar? Com um pouco de sorte, o tempo nos dirá. Por enquanto, nossa única tarefa é examinar as fotos com o máximo de atenção e evitar tirar conclusões apressadas.

Há uma série de objetos no quarto, e na superfície de cada um deles foi grudada uma tira de esparadrapo, com uma só palavra escrita em letras de fôrma. Na mesa-de-cabeceira, por exemplo, a palavra é MESA. Na luminária, a palavra é LUMINÁRIA. Mesmo na parede, que não é um objeto no sentido estrito da palavra, há uma tira de esparadrapo em que se lê PAREDE. O velho ergue a cabeça por alguns instantes, vê a parede, vê a tira de esparadrapo colada na parede, e pronuncia suavemente a palavra *parede*. O que não se pode saber, a esta altura, é se ele está lendo a palavra na tira de esparadrapo ou apenas se referindo à própria parede. Pode ser que não saiba mais ler mas ainda reconheça as coisas pelo que são e consiga chamá-las pelo nome, ou, ao contrário, talvez tenha perdido a capacidade de reconhecer as coisas pelo que são mas ainda saiba ler.

Ele usa um pijama de algodão listrado de amarelo e azul, e seus pés estão calçados com chinelos pretos de couro. Não sabe ao certo onde está. No quarto, sem dúvida, mas em que prédio fica o quarto? Numa casa? Num hospital? Num presídio? Não lembra há quanto tempo está aí nem a natureza das circunstâncias que precipitaram sua remoção para esse lugar. Talvez tenha estado aí desde sempre; talvez esse seja o lugar onde viveu desde o dia em que nasceu. Só o que sabe é que seu coração está repleto de um implacável sentimento de culpa. Ao mesmo tempo, não consegue se livrar da sensação de estar sendo vítima de uma injustiça terrível.

Há uma janela no quarto, mas a persiana está fechada, e, até onde ele lembra, ainda não olhou lá para fora. Tampouco olhou para a porta com sua maçaneta branca de louça. Vive trancado ou é livre para ir e vir como bem entender? Ainda precisa investigar essa questão — sim, porque, como foi dito no primeiro parágrafo deste relato, sua mente está em outra parte, perdeu-se no passado, enquanto ele passeia entre os fantasmas que tem amontoados no cérebro, tentando responder à pergunta que o atormenta.

As fotos não mentem, mas também não contam a história inteira. São apenas um registro da passagem do tempo, a evidência exterior. É difícil, por exemplo, estabelecer a idade do velho com base nessas imagens em preto-e-branco levemente desfocadas. O único fato que pode ser afirmado com alguma certeza é que ele não é jovem, mas a palavra *velho* é um termo elástico que pode ser aplicado a gente com qualquer coisa entre sessenta e cem anos. Vamos, por isso, deixar de lado o epíteto *velho* e passar a chamar a pessoa que está no quarto de Blank. Por enquanto, não há necessidade de um primeiro nome.

Blank finalmente se levanta da cama, fica imóvel por uns instantes para se equilibrar, depois arrasta os pés até a escrivaninha no outro extremo do quarto. Sente-se cansado, como se tivesse acabado de acordar de algumas horas irrequietas e insuficientes de sono, e, enquanto as solas dos chinelos raspam nas tábuas nuas do assoalho, lhe vem à mente o ruído de uma lixa. Lá muito longe, além do quarto, além da construção em que se situa o quarto, ele ouve o grito abafado de uma ave — talvez um corvo, talvez uma gaivota, ele não sabe identificar.

Blank se deixa cair numa cadeira junto à escrivaninha. É uma cadeira extremamente confortável, ele conclui, forrada com couro macio na cor marrom, equipada com descanso para os braços capaz de acomodar cotovelos e antebraços, sem falar num mecanismo invisível de molas que lhe permite balançar-se para a frente e para trás à vontade, que é justamente o que ele começa a fazer assim que se senta. Balançar-se para a frente e para trás tem um efeito calmante para ele, e, enquanto Blank continua entregue a essas prazerosas oscilações, lembra-se do cavalinho de balanço que havia em seu quarto, quando ele era bem pequeno, e então começa a reviver algumas das viagens imaginárias que costumava fazer montado naquele cavalo, cujo nome era Branquinho e que, na cabeça do jovem Blank, não era um objeto de madeira pintado de branco, e sim um ser vivo, um cavalo de verdade.

Após essa breve incursão de Blank até o início da meninice, a angústia retorna e trava-lhe a garganta de novo. Ele diz, em voz alta e fatigada: Não posso permitir que isto aconteça. Depois se debruça para examinar o monte de papéis e fotografias empilha-

9

dos em ordem no tampo de mogno da escrivaninha. Pega primeiro as fotos, três dúzias de retratos de vinte por vinte e cinco em preto-e-branco de homens e mulheres de idades e raças variadas. A foto de cima mostra uma jovem de uns vinte e poucos anos. Ela tem cabelos escuros curtos e fixa as lentes com um olhar intenso, aflito. Está em pé ao ar livre, numa cidade talvez italiana ou francesa, porque atrás dela há uma igreja medieval, e, como a mulher usa uma echarpe e um casaco de lã, é seguro supor que a foto foi tirada no inverno. Blank fita os olhos da jovem e se esforça para lembrar quem é ela. Uns vinte segundos depois, ouve sua própria voz sussurrar uma única palavra: Anna. Um sentimento sufocante de amor o inunda. Pergunta-se se por acaso Anna não seria alguém com quem fora casado um dia ou se, talvez, ele não estaria olhando para a foto de sua própria filha. Um instante depois de ter esses pensamentos, é tomado por uma nova onda de culpa, e sabe que Anna morreu. Pior ainda, suspeita que foi o responsável por sua morte. Pode até ser, diz consigo, que seja ele a pessoa que a matou.

Blank geme de dor. Olhar para as fotos é demais para ele, de modo que as empurra para o lado e volta a atenção para os papéis. Há quatro pilhas ao todo, cada uma com cerca de quinze centímetros de altura. Sem que haja um motivo específico para fazer isso, pega a página de cima da pilha mais à esquerda. As palavras escritas à mão, em letras de fôrma semelhantes àquelas nas tiras de esparadrapo, dizem o seguinte:

Vista dos confins mais distantes do espaço, a Terra não é maior que uma partícula de poeira. Lembre-se disso a próxima vez que escrever a palavra "humanidade".

Pela expressão de repugnância que lhe invade o rosto quando passa os olhos por essas frases, podemos afirmar com uma boa dose de certeza que Blank não perdeu a capacidade de ler. Mas quem seria o autor delas é uma questão ainda em aberto.

Blank pega a página seguinte da pilha e descobre que se trata de alguma espécie de manuscrito datilografado. O primeiro parágrafo diz:

Assim que comecei a contar minha história, eles me derrubaram e me deram pontapés na cabeça. Quando me ergui e comecei de novo a falar, um deles me esmurrou a boca e depois outro me deu um soco na barriga. Caí. Consegui me levantar de novo, mas, bem quando estava prestes a retomar a história pela terceira vez, o coronel jogou-me contra a parede e perdi os sentidos.

Há dois outros parágrafos na página, mas, antes que Blank comece a ler o segundo, toca o telefone. É um daqueles aparelhos pretos do final dos anos 40, início dos 50, do século passado, de ligar girando o disco, e, como está na mesa-de-cabeceira, Blank é obrigado a se levantar da cadeira macia de couro e arrastar os pés até o outro lado do quarto. Ele ergue o fone no quarto toque.

Alô, diz Blank.

Senhor Blank?, pergunta a voz na outra ponta da linha.

Se o senhor diz que sou.

Tem certeza? Não posso correr nenhum risco.

Eu não tenho certeza de coisa nenhuma. Se quer me chamar de Blank, não me importo de atender por esse nome. Com quem falo?

Com James.

Não conheço nenhum James.

James P. Flood.

Refresque minha memória.

Eu fui visitá-lo ontem. Passamos duas horas juntos.

Ah. O policial.

Ex-policial.

Certo. O ex-policial. Em que posso ajudá-lo?

Queria falar de novo com o senhor.

Uma conversa não foi suficiente?

Na verdade, não. Sei que sou apenas uma figura menor nessa história, mas eles me disseram que eu poderia falar com o senhor duas vezes.

Está me dizendo que não tenho escolha.

Receio que não. Mas não precisamos conversar no quarto, se não quiser. Podemos sair e nos sentar no parque, se achar melhor.

Eu não tenho nada para vestir. Estou aqui de pijama e chinelos.

Olhe no armário. O senhor tem todas as roupas de que precisa.

Ah. O armário. Obrigado.

Já tomou seu café-da-manhã, senhor Blank?

Acho que não. Eu tenho permissão para comer?

Três refeições por dia. Ainda é meio cedo, mas Anna deve chegar logo mais.

Anna? O senhor disse Anna?

É ela quem cuida do senhor.

Pensei que estivesse morta.

Nem um pouco.

Talvez seja outra Anna.

Duvido. De todas as pessoas envolvidas nesta história, ela é a única que ficou totalmente do seu lado.

E as outras?

Digamos apenas que há um bocado de ressentimento, e fiquemos nisso por enquanto.


Vale ressaltar que, além da câmera, há um microfone embutido numa das paredes, e qualquer som que Blank faça está sendo reproduzido e preservado por um gravador digital de alta sensibilidade. Dessa forma, o menor gemido ou fungada, a mais leve tosse ou flatulência passageira que aflore de seu corpo, também fazem parte integral de nosso relato. Nem é preciso dizer que esses dados auriculares incluem ainda as palavras que são sussurradas, ditas ou gritadas por Blank, como, por exemplo, o telefonema de James P. Flood registrado acima. A conversa termina com Blank cedendo relutantemente à exigência do ex-policial de lhe fazer uma visita em algum momento daquela manhã. Depois que Blank desliga o telefone, senta-se na beira da cama estreita e assume posição idêntica à que foi descrita na primeira frase deste relato: mãos espalmadas sobre os joelhos, cabeça baixa, olhar fixo no chão. Pondera que talvez fosse melhor se levantar e começar a procurar o armário de que Flood havia falado, e, se o armário existir de fato, que talvez fosse bom tirar o pijama e vestir uma roupa, presumindo que haja roupas no armário — se é que aquele armário existe de fato. No entanto, Blank não está com a menor pressa de se envolver em tarefas assim mundanas. Ele quer voltar ao manuscrito que tinha começado a ler antes de ser interrompido pelo telefone. Para tanto, levanta-se da cama e dá o primeiro passo vacilante em direção ao outro lado do quarto, quando então sente uma onda súbita de tontura. Percebe que vai cair se ficar em pé por mais tempo, mas, em vez de voltar para a cama e sentar-se até a crise passar, encosta a mão direita na parede, apóia todo o peso do corpo sobre ela e, aos poucos, baixa até o chão. Já de joelhos, Blank se joga para a frente e finca também as palmas das mãos no chão. Zonzo ou não, tamanha é sua determinação de chegar à escrivaninha que se arrasta até lá de gatinhas.

Logo que consegue se instalar na cadeira de couro, balança o corpo para a frente e para trás durante alguns momentos para acalmar os nervos. Apesar do esforço físico, entende que tem medo de continuar lendo o manuscrito. Por que esse medo tomou conta dele é algo que Blank não consegue explicar. São só palavras, diz consigo, e desde quando as palavras têm poder para quase matar um homem de susto? Assim não vai dar, resmunga numa voz grave, que mal se ouve. Em seguida, para sossegar a si próprio, repete a frase, gritando a plenos pulmões: ASSIM NÃO VAI DAR! Inexplicavelmente, essa explosão súbita de som lhe dá coragem para continuar. Ele respira fundo, fixa os olhos nas palavras na sua frente e lê os dois parágrafos seguintes:

Eles me mantêm neste quarto desde então. Por tudo quanto posso perceber, não é uma cela típica, e não parece fazer parte do presídio militar nem da casa de detenção territorial. Trata-se de um recinto pequeno, desprovido de tudo, que mede cerca de três metros e meio por quatro metros e meio, e, por causa da sua simplicidade (chão de terra batida, grossas paredes de pedra), desconfio que outrora serviu de armazém de víveres, talvez sacos de farinha e cereais. Há uma única janela gradeada, no alto da parede oeste, mas fica muito longe do chão para que eu possa pôr as mãos nela. Durmo num colchão de palha colocado num canto, e me servem duas refeições por dia: mingau frio pela manhã, sopa morna e pão duro à noite. Segundo meus cálculos, estou aqui há quarenta e sete noites. A contagem, porém, pode estar errada. Meus primeiros dias na cela foram interrompidos por inúmeros espancamentos, e, como não consigo lembrar quantas vezes perdi os sentidos — nem quanto tempo isso durou quando aconteceu —, é possível que tenha perdido a conta em algum momento e deixado de reparar no sol se levantando num determinado dia ou se pondo em outro.

O deserto começa logo abaixo de minha janela. Toda vez que o vento sopra do oeste, sinto o cheiro da sálvia e dos arbustos de zimbro, os menores destas secas lonjuras. Vivi por lá quase quatro meses, vagando livremente de um lugar a outro, dormindo ao relento em todos os tipos de tempo, e trocar os amplos horizontes daquela região pelos limites estreitos deste quarto não tem sido fácil para mim. Consigo suportar a solidão forçada, a ausência de conversa e de contato humano, mas tenho saudade de estar a céu aberto, sob a luz de novo, e passo meus dias ansiando por algo para onde olhar, além destas toscas paredes de pedra. Vez por outra, soldados marcham embaixo de minha janela. Ouço suas botas esmagando o terreno, as rajadas irregulares de suas vozes, o estardalhaço de carroças e cavalos no calor do dia inatingível. Esta é a guarnição de Ultima: o extremo mais ocidental da Confederação, o lugar situado na borda do mundo conhecido. Estamos a mais de três mil quilômetros da capital, aqui, e à frente estão as vastidões não mapeadas dos Territórios Estrangeiros. A lei diz que ninguém pode entrar ali. Eu fui porque me mandaram ir, e agora voltei para fazer meu relatório. Eles vão me ouvir, ou não vão me ouvir, e depois serei levado para fora e fuzilado. Tenho quase certeza disso, agora. O importante é não me iludir, resistir à tentação de nutrir esperança. Quando finalmente me puserem contra a parede e apontarem seus rifles para o meu corpo, a única coisa que vou pedir a eles é que me tirem a venda. Não porque esteja interessado em ver os homens que vão me matar, mas quero poder olhar para o céu outra vez. É essa a extensão daquilo que desejo agora. Ver-me ao ar livre e olhar para o alto, para o imenso céu azul, fitar uma última vez o infinito que gane.

Blank pára de ler. Seu receio foi substituído por perplexidade, e, mesmo tendo compreendido cada palavra lida até agora, ele não faz idéia de como interpretá-las. Seria um relatório de fato, aquele, pergunta-se, e que lugar é esse chamado Confederação, com sua guarnição em Ultima e seus misteriosos Territórios Estrangeiros, e por que a prosa soa como algo escrito no século XIX? Blank está ciente do fato de que sua mente não é mais grande coisa, de que não tem a menor noção de onde está nem do motivo por que está aí, mas tem quase certeza de que o presente está situado em algum momento do início do século XXI e que ele mora num país chamado Estados Unidos da América. Este último pensamento o faz lembrar-se da janela, ou, para ser mais específico, da persiana da janela, na qual foi colada uma tira de esparadrapo com a palavra PERSIANA. Com as solas dos pés pressionando o assoalho e os braços pressionando os descansos da cadeira de couro, ele gira uns noventa ou cem graus para a direita, a fim de dar uma olhada na dita persiana — porque essa cadeira, além de ser dotada de molas para balançar para a frente e para trás, também gira em círculos. Esta última descoberta é tão agradável para Blank que, por alguns instantes, ele esquece que queria olhar para a persiana da janela, exultante que está com essa propriedade até então desconhecida da cadeira. Gira uma, duas vezes, depois três, e, ao fazê-lo, lembra-se de quando sentava na cadeira do barbeiro, ainda menino, e era girado de modo semelhante por Rocco, o barbeiro, tanto antes como depois de cortar o cabelo. Felizmente, quando Blank sossega de novo, a cadeira se encontra mais ou menos na mesma posição de quando começaram os giros, o que significa que mais uma vez ele está voltado para a persiana da janela, e, mais uma vez, após esse interlúdio tão prazeroso, se pergunta se não deveria ir até a janela, levantar a persiana e dar uma espiada lá fora para ver onde está. Quem sabe não está mais nos Estados Unidos, diz consigo, mas em algum outro país, seqüestrado altas horas da noite por agentes secretos a serviço de alguma potência estrangeira.

No entanto, sua revolução tripla na cadeira o deixou meio zonzo, e ele hesita sobre sair do lugar, temendo uma recorrência do episódio que o obrigou a viajar pelo quarto de gatinhas alguns minutos antes. O que Blank ainda não sabe, a esta altura, é que, além de poder se balançar para a frente e para trás e descrever círculos, a cadeira de couro está equipada com um conjunto de quatro rodinhas que lhe possibilitariam excursionar até a persiana da janela sem ter de se levantar. Sem saber que há outros meios de propulsão disponíveis, além das suas próprias pernas, Blank acaba ficando onde está, sentado na cadeira, de costas para a escrivaninha, olhando para a persiana outrora branca e já meio amarelada, tentando se lembrar da conversa mantida na tarde anterior com o ex-policial James P. Flood. Busca na mente alguma imagem, um indício de qual seria o aspecto do sujeito, mas, em vez de evocar figuras nítidas, a mente de Blank é de novo tomada por uma avassaladora sensação de culpa. No entanto, antes que esse novo acesso de tormentos e terrores se transforme em pânico total, Blank ouve alguém bater na porta, depois o ruído de uma chave entrando na fechadura. Será que isso significa que Blank é prisioneiro nesse quarto, que está impossibilitado de sair, a não ser graças à gentileza e à boa vontade de terceiros? Não necessariamente. Pode ser que Blank tenha trancado a porta pelo lado de dentro e que a pessoa que tenta entrar no quarto tenha de destrancar aquela fechadura a fim de cruzar a soleira, poupando assim a Blank o trabalho de ter de se levantar para abrir ele mesmo a porta.

De uma forma ou de outra, a porta se abre, e por ela entra uma mulher miúda, de idade indeterminada — qualquer coisa entre quarenta e cinco e sessenta anos, acha Blank, mas é difícil ter certeza. Ela tem cabelos grisalhos curtos, veste uma calça comprida azul-marinho, uma blusa leve de algodão azul-clara, e a primeira coisa que faz, depois de entrar no quarto, é sorrir para Blank. Esse sorriso, que parece combinar ternura e afeto, varre todos os seus medos e o deixa num estado de calmo equilíbrio. Ele não tem idéia de quem ela seja, mas mesmo assim está feliz de vê-la.

Dormiu bem?, pergunta a mulher.

Não tenho bem certeza, responde Blank. Para dizer a verdade, não lembro se dormi ou não.

É um bom sinal. Significa que o tratamento está dando certo.

Em lugar de comentar essa declaração enigmática, Blank examina a mulher em silêncio durante alguns momentos, depois pergunta: Desculpe-me por ser tão idiota, mas por acaso seu nome não seria Anna?

Uma vez mais, a mulher lhe dá um sorriso terno e afetuoso. Fico feliz por ter lembrado, diz. Ontem, o senhor esquecia a toda hora.

Subitamente perplexo e agitado, Blank gira na cadeira de couro até ficar de frente para a escrivaninha, depois tira a foto da jovem da pilha de fotos em preto-e-branco. Antes que tenha tempo de se virar de novo para olhar para a mulher cujo nome pelo visto é Anna, ela está ao lado dele, com a mão pousada delicadamente em seu ombro direito, também olhando para a fotografia.

Se seu nome é Anna, diz Blank, a voz trêmula de emoção, então quem é esta? O nome dela também é Anna, não é?

É, diz a mulher, observando atentamente a foto, como se se lembrasse de algo com sentimentos iguais mas contrários de aversão e nostalgia. Esta é Anna. E eu sou Anna, também. Esta é uma foto minha.

Mas, gagueja Blank, mas... a moça da foto é jovem. E você... você tem cabelos grisalhos.

O tempo, senhor Blank, diz Anna. O senhor entende o significado do tempo, não entende? Esta sou eu trinta e cinco anos atrás.

Antes que Blank tenha chance de responder, Anna devolve a foto dela quando jovem à pilha de fotografias.

Seu café-da-manhã está esfriando, diz ela, e sem mais nenhuma palavra sai do quarto, para voltar instantes depois empurrando um carrinho de aço inoxidável com uma bandeja de comida, o qual ela encosta ao lado da cama.

A refeição consiste em um copo de suco de laranja, uma torrada com manteiga, dois ovos *pochés* numa tigela branca e um bule de chá Earl Grey. No momento adequado, Anna ajudará Blank a se levantar da cadeira e o levará até a cama, mas antes lhe entrega um copo de água e três comprimidos — um verde, um branco e um roxo.

O que eu tenho?, pergunta Blank. Estou doente?

Não, de jeito nenhum, diz Anna. Os comprimidos fazem parte do tratamento.

Não me sinto doente. Um pouco cansado e zonzo, quem sabe, mas, também, não é nada muito terrível. Considerando-se minha idade, nem um pouco terrível.

Engula os comprimidos, senhor Blank. Depois pode tomar seu café. Tenho certeza de que está com muita fome.

Mas eu não quero esses comprimidos, responde Blank, resistindo teimosamente. Se não estou doente, não vou engolir esses malditos comprimidos.

Em vez de revidar com aspereza, depois da afirmação rude e agressiva de Blank, Anna se curva e dá um beijo na testa dele. Querido senhor Blank, diz. Sei como se sente, mas o senhor prometeu tomar os comprimidos todos os dias. Foi esse o trato que fizemos. Se não tomar os comprimidos, o tratamento não vai funcionar.

Eu prometi?, pergunta Blank. Como é que eu vou saber se está dizendo a verdade?

Porque sou eu, Anna, que estou dizendo, e eu jamais mentiria para o senhor, porque o amor que eu sinto pelo senhor é grande demais.

A menção da palavra *amor* suaviza a teimosia de Blank, e, num impulso, ele resolve ceder. Está bem, diz, eu tomo os comprimidos. Mas só se você me der outro beijo. Certo? Mas tem de ser um beijo de verdade desta vez. Nos lábios.

Anna sorri, depois se curva uma vez mais e dá um beijo bem nos lábios de Blank. Como dura uns bons três segundos, o beijo ultrapassa a classificação de mero selinho, e, embora não tenha havido o envolvimento de línguas, esse contato íntimo provoca uma comichão de excitação no corpo de Blank. Até Anna endireitar-se, ele já começou a engolir os comprimidos.

Agora os dois estão sentados lado a lado na beira da cama. O carrinho de comida está na frente deles, e, enquanto Blank, terminado o suco de laranja, dá uma mordida na torrada e um primeiro gole no chá, Anna esfrega suas costas suavemente com a mão esquerda, cantarolando uma música que ele não é capaz de identificar mas sabe que lhe é familiar ou lhe foi familiar um dia. Passa então aos ovos *pochés*, fura uma das gemas com a pontinha da colher, junta uma quantidade modesta de clara e de gema no côncavo do utensílio, mas, quando tenta levar a colher à boca, espanta-se ao descobrir que sua mão treme. Não é apenas um leve tremor, são contorções pronunciadas e convulsivas sobre as quais ele não tem o menor controle. Até a colher ter se afastado quinze centímetros da tigela, os espasmos estão tão fortes que a maior parte da mistura de clara e gema já se esparramou na bandeja.

Quer que eu dê na sua boca?, pergunta Anna.

O que eu tenho?

Nada com que precise se preocupar, responde ela, dando-lhe palmadinhas nas costas, numa tentativa de sossegá-lo. Uma reação normal aos comprimidos. Daqui a pouco passa.

Belo tratamento que vocês inventaram para mim, resmunga Blank, num tom amuado de autocomiseração.

É para o seu próprio bem, diz Anna. E não vai durar a vida toda. É sério.

De modo que Blank permite que Anna lhe dê de comer e, enquanto ela prossegue com calma juntando porções de ovo, levando a xícara de chá até os lábios dele e limpando sua boca com um guardanapo de papel, Blank começa a pensar que, mais que uma mulher, Anna é um anjo, ou, se se quiser, um anjo em forma de mulher.

Por que é tão boa para mim?, pergunta.

Porque eu amo o senhor, diz Anna. É simples assim.

Agora que a refeição terminou, chegou a hora das excreções, das abluções e das roupas. Anna afasta o carrinho da cama e depois estende a mão a Blank, para ajudá-lo a se levantar. Para seu imenso espanto, ele se vê diante de uma porta, uma porta que até então lhe escapara por completo, e, colada na superfície dessa porta, há outra daquelas tiras de esparadrapo, marcada com a palavra BANHEIRO. Blank se pergunta como pôde ter deixado de notá-la, já que ela fica a uns poucos passos da cama, mas, como o leitor já sabe, seus pensamentos estão quase todos em outra parte, perdidos numa terra nevoenta de seres fantasmagóricos e cacos de lembranças, enquanto ele busca uma resposta para a pergunta que o atormenta.

Está precisando ir?, pergunta Anna.

Ir?, responde ele. Ir aonde?

Ao banheiro. Precisa usar a privada?

Ah. A privada. Preciso. Agora que você tocou no assunto, acho que seria uma boa idéia.

Quer que eu o ajude ou se vira sozinho?

Não sei ao certo. Deixe-me tentar, e vamos ver o que acontece.

Anna gira a maçaneta branca de louça para ele, e a porta se abre. Depois que Blank entra arrastando os pés no aposento branco, sem janela, de chão de cerâmica quadriculada branca e preta, Anna fecha a porta, e, durante alguns instantes, Blank fica ali parado, olhando para a privada branca na parede oposta, sentindo-se de repente abandonado, louco para ter de volta a companhia de Anna. Por fim, sussurra consigo: Controle-se, velho. Está agindo feito criança. Ainda assim, quando chega à privada e começa a baixar a calça do pijama, sente uma necessidade incontrolável de chorar.

A calça do pijama cai em volta dos seus tornozelos; ele senta na privada; bexiga e intestinos se preparam para expelir líquidos e sólidos refreados. A urina flui de seu pênis, primeiro um troço, depois outro, escorregam do ânus, e é tão boa a sensação de estar se esvaziando dessa forma, que ele esquece a dor que tomou conta dele momentos antes. Claro que consegue se virar sozinho, diz consigo. Vem fazendo isso desde que era bem garoto, e, quando o assunto é mijar e cagar, ele é tão capaz quanto qualquer pessoa neste mundo. Não apenas isso, é também um especialista em limpar a própria bunda.

Deixemos que Blank goze de seu curto momento de soberba, porque, ainda que tenha tido sucesso em completar a primeira parte da operação, da segunda já não se sai tão bem assim. Não encontra muitos problemas em se levantar do assento e dar a descarga, mas, depois disso, percebe que a calça do pijama continua em volta dos tornozelos e que, para conseguir erguê-la, terá de se curvar ou se agachar para puxá-la pelo cós. Tanto se curvar como se agachar não são atividades com as quais esteja se sentindo à vontade nesse dia, mas, das duas, a que mais teme é a de se curvar, já que tem consciência do seu potencial para perder o equilíbrio logo que baixar a cabeça, e receia, se de fato perder o equilíbrio, cair e rachar o crânio nos ladrilhos brancos e pretos. Desse modo, conclui que se agachar é dos males o menor, embora não tenha lá muita certeza se seus joelhos são capazes de agüentar o esforço exigido deles. Nós jamais saberemos se eles seriam capazes ou não. Alertada pelo ruído da descarga, Anna, sem dúvida presumindo que Blank tinha terminado a tarefa que se propusera cumprir, abre a porta e entra no banheiro.

Seria de supor que Blank fosse ficar constrangido por se ver em posição tão comprometedora (ali em pé, a calça arriada, o pênis molenga pendurado entre as pernas nuas, magras), mas não. Blank não tem falsa modéstia na frente de Anna. Na verdade, não se importa nem um pouco de deixar que ela veja o que há para ver, e, em vez de se agachar às pressas para puxar a calça do pijama, começa a desabotoar o paletó do pijama para tirá-lo também.

Gostaria de tomar meu banho agora, diz.

Um banho de banheira, pergunta ela, ou só um banho rápido?

Tanto faz. Você decide.

Anna olha para o relógio dela e diz: Talvez só um banho rápido. Já está ficando meio tarde, e eu ainda tenho de vestir o senhor e arrumar a cama. A essa altura, Blank já tirou o paletó e a calça do pijama, bem como os chinelos. Sem se abalar com a visão do corpo nu do velho, Anna se aproxima da privada e baixa o tampo, no qual bate algumas vezes com a palma da mão, como um convite para Blank sentar-se. Blank senta, e Anna se acomoda ao lado dele, na beira da banheira, abre a água quente e começa a molhar uma toalhinha branca debaixo da torneira.

Assim que Anna começa a tocar no corpo de Blank com a toalha quente, ensaboada, ele entra num transe de lânguida submissão, regalando-se com a sensação daquelas mãos delicadas sobre si. Ela começa de cima e vai descendo devagar, lavando as orelhas e atrás das orelhas, o pescoço, na frente e atrás, pede que ele se vire no assento da privada, a fim de poder passar a toalha em suas costas, para cima e para baixo, depois pede que ele se vire de novo, a fim de poder fazer a mesma coisa no peito, parando a cada quinze segundos, mais ou menos, para molhar a toalha debaixo da torneira, adicionando mais sabonete a ela ou enxaguando-a, dependendo de se está prestes a banhar alguma parte do corpo de Blank ou a retirar o sabonete de uma região que acabou de lavar. Blank fecha os olhos, a cabeça de repente esvaziada daqueles seres ilusórios e dos terrores que o perseguem desde o primeiro parágrafo deste relato. Quando a toalhinha alcança a altura da barriga, o pênis dele já começou a mudar de forma, ficou mais comprido, mais grosso, parcialmente ereto, e Blank se espanta de que, mesmo com sua idade avançada, seu pênis continue a agir como sempre fez, sem jamais mudar de comportamento, desde o início da adolescência. Tanta coisa mudou para ele de lá para cá, mas não isso, isso foi a única coisa que não mudou, e, agora que Anna pôs a toalhinha em contato direto com essa parte do seu corpo, ele sente o pênis enrijecer até atingir extensão total, e, à medida que ela continua a friccioná-lo e untá-lo com água quente e espuma, o máximo que Blank consegue fazer é não chorar e implorar para que ela termine o serviço.

Estamos muito brincalhões hoje, hein, senhor Blank?, diz Anna.

Receio que sim, Blank sussurra, com os olhos ainda fechados. Não posso fazer nada.

Se eu fosse o senhor, sentiria orgulho. Não é todo homem da sua idade que ainda... que ainda consegue isto.

Não tem nada a ver comigo. Essa coisa tem vida própria.

De repente, a toalhinha vai parar em cima da perna direita. Antes que Blank tenha tempo de registrar sua decepção, sente as mãos nuas de Anna escorregando para cima e para baixo na ereção bem lubrificada. A mão direita dela continua a lhe dar banho com a toalha, mas a esquerda está agora entretida nessa outra tarefa, e, mesmo enquanto sucumbe aos cuidados experientes de Anna, ele se pergunta o que teria feito para merecer tratamento tão generoso.

Arfa quando o sêmen jorra de dentro dele, e só então, depois de completado o feito, é que abre os olhos e se vira para Anna. Ela já não está sentada na beira da banheira, e sim ajoelhada no chão, na sua frente, limpando a ejaculação com a toalhinha. Está com a cabeça baixa, de modo que ele não consegue ver os olhos dela, mas assim mesmo se debruça para a frente e toca sua face esquerda com a mão direita. Anna ergue os olhos e, quando os olhares dos dois se cruzam, lhe dá mais um daqueles seus sorrisos ternos e afetuosos.

Você é tão boa para mim, diz ele.

Quero que seja feliz, responde ela. Este é um período difícil para o senhor, e, se o senhor puder encontrar alguns momentos de prazer em tudo isto, fico satisfeita em ajudar.

Eu fiz algo terrível a você. Não sei o que foi, mas algo terrível... execrável... que não pode ser perdoado. E aqui está você, cuidando de mim como uma santa.

Não foi culpa sua. O senhor fez o que tinha de fazer, e eu não tenho raiva.

Mas você sofreu. Eu a fiz sofrer, não fiz?

Fez, muito. Quase não sobrevivi.

Que foi que eu fiz?

O senhor me mandou para um lugar perigoso, um lugar de desespero, um lugar de destruição e morte.

Do que se tratava? De algum tipo de missão?

Suponho que se possa chamar assim.

Você era jovem na época, não era? A moça da foto.

Era.

Você era muito bonita, Anna. Agora está mais velha, mas eu continuo achando você bonita. Quase perfeita, se é que entende o que quero dizer.

Não precisa exagerar, senhor Blank.

Não estou exagerando. Se alguém me dissesse que eu teria de ficar olhando para você vinte e quatro horas por dia pelo resto da vida, eu não faria a menor objeção.

De novo, Anna sorri, e, de novo, Blank toca sua face esquerda com a mão direita.

Quanto tempo você ficou naquele lugar?, pergunta ele.

Alguns anos. Muito mais tempo do que eu esperava ficar.

Mas conseguiu sair de lá.

No fim, consegui.

Sinto tanta vergonha.

Mas não devia. A verdade, senhor Blank, é que sem o senhor eu não seria ninguém.

Ainda assim...

Não tem *ainda assim*. O senhor não é como os outros homens. Sacrificou a vida por algo maior que o senhor mesmo e, o que quer que tenha feito ou deixado de fazer, nunca agiu por razões egoístas.

Alguma vez já se apaixonou, Anna?

Várias vezes.

É casada?

Era.

Era?

Meu marido morreu faz três anos.

Qual era o nome dele?

David. David Zimmer.

Que houve com ele?

Tinha o coração fraco.

Eu sou responsável por isso também, não sou?

Não exatamente... Só de forma indireta.

Eu sinto muito mesmo.

Pois não deve. Sem o senhor, eu jamais teria conhecido David, para começo de conversa. Acredite em mim, senhor Blank, a culpa não é sua. Nós fazemos o que temos de fazer, e aí as coisas acontecem. Coisas boas e coisas ruins também. É assim que a vida é. Pode ser que nós é que acabemos sofrendo, mas há uma razão para tanto, uma boa razão, e quem se queixa disso não entende o que significa estar vivo.

Vale ressaltar que uma segunda câmera e um segundo gravador foram colocados no teto do banheiro, possibilitando que todas as atividades dentro daquele espaço fossem registradas também, e, como a palavra *todas* é um termo absoluto, a transcrição do diálogo entre Anna e Blank pode ser verificada em cada um de seus detalhes.

O banho continua por mais vários minutos, e, quando Anna termina de lavar e enxaguar as regiões restantes do corpo de Blank (pernas, frente e trás; tornozelos, pés e dedos dos pés; braços, mãos e dedos das mãos; escroto, nádegas e ânus), ela vai buscar um roupão de atoalhado preto que está pendurado num gancho atrás da porta e ajuda Blank a vesti-lo. Depois apanha o pijama listrado de amarelo e azul e vai para o quarto, tendo o cuidado de deixar a porta aberta. Enquanto Blank, em pé diante do pequeno espelho sobre a pia, faz a barba com um barbeador elétrico a pilha (por motivos óbvios, aparelhos tradicionais de barbear são proibidos), Anna dobra o pijama, arruma a cama e abre o armário para escolher a roupa que Blank vai usar. Ela se move com rapidez e eficiência, como se tentasse recuperar o tempo perdido. É tamanha a rapidez com que dá cabo dessas tarefas, que, quando Blank acaba de se barbear com o barbeador elétrico e vai para o quarto, espanta-se de ver que sua roupa já está em cima da cama. Lembrando-se da conversa que tivera com James P. Flood e da menção à palavra *armário*, esperava pegar Anna em vias de abrir a porta do armário, se é que o armário existia de fato, a fim de poder determinar onde ele se situava. Agora, enquanto seus olhos vistoriam o quarto, não vê sinal dele, e mais um mistério permanece sem solução.

Ele poderia, claro, perguntar a Anna onde é o armário, mas, assim que a vê, sentada na cama, sorrindo para ele, fica tão comovido com sua presença que a pergunta lhe escapa da mente.

Estou começando a me lembrar de você agora, diz. Não de tudo, apenas de alguns flashes, uma coisa aqui, outra ali. Eu era muito jovem quando a vi pela primeira vez, não era?

Tinha uns vinte e um anos, acho, diz Anna.

Mas eu vivia perdendo você. Você ficava lá uns poucos dias, depois desaparecia. Passava um ano, passavam dois, quatro, e de repente você surgia de novo.

O senhor não sabia o que fazer comigo, por isso. Levou um bom tempo até descobrir.

E então eu a enviei na sua... sua missão. Lembro-me de ter sentido medo por você. Mas você era uma verdadeira guerreira naquele tempo, não era?

Uma moça valente e resoluta, senhor Blank.

Justamente. E foi isso que me deu esperança. Se você não fosse uma pessoa cheia de recursos, jamais teria sobrevivido.

Deixe-me ajudá-lo a se vestir, diz Anna, dando uma olhada no relógio. O tempo voa.

A referência a voar lembra a Blank os acessos de tontura e a dificuldade que teve para andar pouco antes, mas, quando ele cruza a pequena distância entre a soleira da porta do banheiro e a cama, encoraja-se ao notar que o cérebro está claro e que pelo visto não corre o risco de cair. Sem nada para sustentar a hipótese, atribui a melhora aos efeitos benéficos de Anna, ao simples fato de ela ter estado com ele ali nos últimos vinte ou trinta minutos, irradiando o afeto pelo qual Blank anseia com tamanho desespero.

As roupas sobre a cama são todas brancas: calça branca de algodão, camisa branca de abotoar, cueca samba-canção branca e um par de tênis brancos.

Uma escolha curiosa, diz Blank. Vou ficar parecido com o sujeito do *Sorveteiro em apuros*.

Foi um pedido especial, responde Anna. De Peter Stillman. Não do pai, do filho. Peter Stillman, Junior.

Quem é ele?

Não lembra?

Infelizmente, não.

É outro dos seus pupilos. Quando o senhor o mandou em missão, ele teve de se vestir todo de branco.

Quantas pessoas eu mandei em missão?

Centenas, senhor Blank. Mais do que eu seria capaz de contar.

Muito bem. Vamos em frente, então. Não creio que vá fazer alguma diferença.

Sem mais delongas, desamarra o cinto e deixa que o roupão caia. De novo, fica nu na frente de Anna, sem sentir o menor vestígio de constrangimento ou pudor. Olhando para baixo, aponta para o pênis e diz: Olha só como ele é pequeno. O Maioral não está tão grande agora, não é mesmo?

Anna sorri, depois dá tapinhas no colchão, chamando Blank para sentar-se a seu lado. Assim que se acomoda, ele é mais uma vez transportado de volta aos primórdios da infância, aos tempos de Branquinho, o cavalinho de balanço, e às longas viagens que faziam juntos através dos desertos e montanhas do Velho Oeste. Lembra-se da mãe e de como ela costumava vesti-lo daquele mesmo jeito, no quarto de cima, com o sol da manhã entrando de viés pelas frestas da veneziana, e, ao mesmo tempo, consciente de que a mãe morreu, provavelmente há muitos anos, pergunta-se se Anna de certa forma não teria se tornado uma nova mãe para ele, mesmo nessa sua idade tão avançada — por que outro motivo haveria de se sentir tão confortável com ela, ele, que em geral é tão tímido, tão inibido em relação ao corpo na frente dos outros?

Anna levanta-se da cama e se agacha na frente de Blank. Começa pelas meias, enfiando uma no pé esquerdo, depois outra no direito, passa para a cueca, que puxa pelas pernas e, quando Blank se põe de pé para facilitar o trabalho dela, até o alto da cintura, escondendo assim o ex-Maioral, que sem dúvida se erguerá de novo em poucas horas para reafirmar seu domínio sobre Blank.

Blank senta-se uma segunda vez na cama, e a operação é repetida com a calça. Quando Blank senta pela terceira vez, Anna calça os tênis, primeiro o esquerdo, depois o direito, e imediatamente começa a dar os laços, primeiro no tênis esquerdo, depois no direito. Em seguida, ergue o corpo e senta-se na cama ao lado de Blank para ajudá-lo a vestir a camisa, primeiro guiando seu braço esquerdo pela manga esquerda, depois o braço direito pela direita, e, por fim, abotoando os botões de baixo para cima, e, durante todo esse lento e laborioso processo, os pensamentos de Blank estão em outra parte, de volta a seu quarto de menino, com Branquinho e a mãe, lembrando como ela costumava fazer aquelas mesmas coisas para ele com a mesma paciência amorosa, tantos anos atrás, isso, no distante começo de sua vida.

Agora Anna se foi. O carrinho de aço inoxidável sumiu, a porta foi fechada, e, uma vez mais, Blank está sozinho no quarto. As perguntas que queria fazer a ela sobre o armário, sobre o manuscrito a respeito da chamada Confederação, sobre se a porta está fechada pelo lado de fora ou não ficaram todas por fazer, e, com isso, Blank continua sem saber o que faz nesse lugar, do mesmo modo que não sabia antes da chegada de Anna. Por enquanto, está sentado na beira da cama estreita, mãos espalmadas sobre os joelhos, cabeça baixa, olhando fixo para o chão, mas em breve, assim que sentir forças suficientes para tanto, vai se levantar da cama e, uma vez mais, irá até a escrivaninha para examinar a pilha de fotografias (se tiver coragem de encarar aquelas imagens de novo) e continuar a ler o manuscrito sobre o homem engaiolado no quarto em Ultima. Mas, por enquanto, não faz nada além de ficar sentado na cama, sentindo saudade de Anna, desejando que ela ainda estivesse ali com ele, desejando poder tomá-la nos braços e segurá-la.

Agora se levantou de novo. Tenta arrastar os pés na direção da escrivaninha, mas esquece que não está mais de chinelos, e a sola de borracha do tênis esquerdo se gruda no assoalho de maneira tão repentina e imprevista que Blank perde o equilíbrio e quase cai. Filhos-da-puta, diz, são uns filhos-da-puta estes caralhos brancos. Está louco para trocar os tênis pelos chinelos, mas os chinelos são pretos, e, se calçá-los, já não estará todo vestido de branco, algo que Anna havia lhe pedido muito explicitamente — conforme exigência de um tal de Peter Stillman, Junior, fosse ele quem fosse.

Blank abandona, portanto, os passos arrastados de quando está de chinelos e viaja em direção à escrivaninha com algo que se assemelha a um andar normal. Não é bem aquela marcha rápida do-calcanhar-pra-ponta que se vê nos jovens e nos vigorosos, e sim uma passada lenta, pesada, em que Blank ergue o pé do chão três ou cinco centímetros, impele a perna atrelada àquele pé quinze centímetros para a frente, depois planta a sola inteira do calçado no chão, calcanhar e dedos juntos. Segue-se uma pausa breve, até que ele repete o processo com o outro pé. Pode não ser bonito de olhar, mas é suficiente para o propósito, e ele não demora muito para se ver diante da escrivaninha.

A cadeira foi arrumada junto à escrivaninha, o que significa que, para sentar-se, Blank é obrigado a puxá-la. Ao fazê-lo, descobre enfim que a cadeira é equipada com rodinhas, porque, em vez de arranhar o chão, como ele esperava que fizesse, a cadeira rola macia, com um mínimo de esforço da parte dele. Blank senta-se, espantado por não ter reparado naquela característica da cadeira nas visitas anteriores à escrivaninha. Pressiona os pés no chão, dá um empurrãozinho, e lá vai ele para trás, cobrindo uma distância de cerca de um metro. Considera essa uma descoberta importante, porque, por mais agradável que seja balançar-se para a frente e para trás e girar, o fato de uma cadeira poder se mover pelo quarto é, potencialmente, de um grande valor terapêutico — para quando, por exemplo, suas pernas estiverem se sentindo especialmente cansadas, ou para quando ele for acometido por um novo acesso de tontura. Em vez de ter de se levantar e andar em momentos como esses, poderá usar a cadeira para viajar de um lugar a outro, sentado mesmo, conservando assim suas forças para questões mais urgentes. Sente-se consolado por essa idéia, e, no entanto, enquanto avança aos poucos com a cadeira de volta até a escrivaninha, aquele sentimento esmagador de culpa, que em grande parte desaparecera durante a visita de Anna, retorna de repente, e, até ele chegar, entende que é a própria escrivaninha a responsável por esses pensamentos opresso-

31

res — não o móvel em si, talvez, mas as fotos e os papéis empilhados em seu tampo, que sem dúvida contêm a resposta para a pergunta que o atormenta. São eles a fonte de sua aflição, e, ainda que tivesse sido mais simples voltar para a cama e ignorá-los, ele se sente impelido a continuar com a investigação, por mais tortuosa e penosa que seja.

Dá uma olhada na escrivaninha, e vê um bloco de papel e uma caneta esferográfica — objetos que não se lembrava de estarem ali, por ocasião de sua última visita ao móvel. Pouco importa, diz consigo, e, sem pensar mais, pega a caneta com a mão direita e abre o bloco na primeira página com a esquerda. Para não esquecer o que aconteceu hoje até o momento — já que Blank é no mínimo muito esquecido —, escreve a seguinte lista de nomes:

James P. Flood
Anna
David Zimmer
Peter Stillman, Jr.
Peter Stillman, Sr.

Cumprida essa pequena tarefa, fecha o bloco, larga a caneta e empurra os dois para o lado. Em seguida, quando estende a mão para as páginas de cima da pilha mais à esquerda, descobre que foram grampeadas, talvez umas vinte ou vinte e cinco páginas no total, e, quando põe o maço de papel na sua frente, descobre também que se trata do mesmo manuscrito que ele estava lendo antes da chegada de Anna. Presume que foi ela quem grampeou as páginas — para facilitar as coisas para ele — e então, percebendo que o manuscrito não é tão longo assim, se pergunta se terá tempo de terminá-lo antes que James P. Flood venha bater à sua porta.

Volta-se para o quarto parágrafo da segunda página e começa a ler:

Durante os últimos quarenta dias, não houve nenhum espancamento, e nem o coronel nem outros oficiais de sua equipe apareceram. A única pessoa que vejo é o sargento que traz minha comida e troca o balde de águas servidas. Tenho tentado agir de forma civilizada, sempre fazendo algum pequeno comentário quando ele entra, mas pelo visto o sargento tem ordens de se manter em silêncio, e não consegui extrair nem uma única palavra desse gigante de farda marrom. E então, menos de uma hora atrás, ocorreu algo extraordinário. O sargento destrancou a porta, e entraram dois soldados com uma mesinha de madeira e uma cadeira de espaldar reto. Puseram os móveis no meio do quarto, depois entrou o sargento e pôs uma boa pilha de folhas em branco em cima da mesa, juntamente com um vidro de tinta e uma caneta.

— Você tem permissão para escrever — disse ele.

— É esse seu jeito de travar conversa — perguntei — ou está tentando me dar uma ordem?

— O coronel diz que você tem permissão para escrever. Você pode entender isso da forma que achar melhor.

— E se eu optar por não escrever?

— Você é livre para fazer o que bem entender, mas o coronel diz que é improvável que um homem na sua situação prescinda da oportunidade de se defender por escrito.

— Presumo que ele esteja planejando ler o que eu escrever.

— Seria lógico presumir tal coisa, sim.

— E depois ele vai enviar para a capital?

— Ele não disse quais são suas intenções. Simplesmente disse que você tem permissão para escrever.

— Quanto tempo eu tenho?

— O assunto não foi discutido.

— E se eu ficar sem papel?

— Receberá o quanto for necessário de tinta e de papel. O coronel queria que eu lhe dissesse isso.

— Agradeça ao coronel em meu nome, e diga a ele que entendo o que está tentando fazer. Está me dando uma oportunidade de mentir sobre o que houve e salvar minha pele. É muito decente da parte dele. Por favor, diga-lhe que aprecio o gesto.

— Darei seu recado ao coronel.

— Ótimo. Agora, deixe-me em paz. Se ele quer que eu escreva, vou escrever, mas, para fazer isso, tenho de ficar sozinho.

Era tão-só um palpite meu, claro. O fato é que não faço idéia dos motivos de o coronel ter tomado essa providência. Gostaria de poder pensar que ele começou a se apiedar de mim, mas duvido que seja assim tão simples. O coronel De Vega não é exatamente um homem compassivo, e, se de repente resolveu tornar minha vida menos desconfortável, oferecendo-me uma caneta, é sem dúvida uma maneira bem peculiar de atingir tal fim. Um manuscrito de mentiras lhe seria muito útil, mas acho impossível que ele me julgue disposto a mudar de história a esta altura dos acontecimentos. O coronel já tentou forçar uma retratação minha, e, se me recusei então, quando quase fui morto a pancadas, por que haveria de me retratar agora? Na realidade, trata-se mais de cautela, acho, de um jeito de ele se preparar para seja o que for que aconteça depois. Tem muita gente ciente de que estou aqui para que ele me execute sem julgamento. Por outro lado, um julgamento é algo que precisa ser evitado a todo custo — porque, tão logo o caso fosse levado a tribunal, minha história se tornaria de domínio público. Permitindo que eu registre tudo por escrito, ele está reunindo provas, provas irrefutáveis, que justificarão seja qual for a medida que resolva tomar contra mim. Vamos presumir, por exemplo, que ele vá em frente e mande me fuzilar sem julgamento. Assim que o comando militar da capital souber de minha morte, eles serão obrigados por lei a abrir um inquérito oficial, mas, a essa altura, bastará que o coronel entregue as páginas que eu tiver escrito e ele será exonerado. Sem dúvida lhe concederão uma medalha por ter solucionado o dilema de modo tão irrepreensível. Pode até ser que o coronel já tenha escrito para eles a meu respeito, na verdade, e que eu agora esteja com esta caneta na mão só porque foi instruído a colocá-la aqui. Em circunstâncias normais, uma carta leva três semanas de Ultima até a capital. Se estou aqui há um mês e meio, então talvez ele tenha recebido a resposta hoje. Deixe que o traidor registre sua história por escrito, é o que provavelmente disseram, e então estaremos livres para dispor dele da melhor forma.

Essa é uma possibilidade. Contudo, pode ser que eu esteja exagerando minha importância e que o coronel esteja apenas brincando comigo. Quem sabe ele não resolveu se divertir com o espetáculo do meu sofrimento? Há muito poucas distrações numa cidade como Ultima, e, a menos que a pessoa seja criativa o bastante para inventar suas próprias diversões, é muito fácil enlouquecer de tédio. Já até imagino o coronel lendo minhas palavras em voz alta para sua amante, os dois sentados na cama tarde da noite, rindo de minhas frases patéticas. Isso seria divertido, não é mesmo? Diversão tão bem-vinda, êxtase tão ímpio. Se eu o mantiver suficientemente entretido, talvez ele me deixe continuar escrevendo para sempre, e pouco a pouco serei transformado em seu palhaço privado, em seu bobo-escrivão particular, sempre a rabiscar tombos e humilhações numa torrente interminável de tinta. E, ainda que ele venha a se cansar de minhas histórias e mande me matar, o manuscrito sobreviverá, não é verdade? E acabará sendo seu troféu — mais um crânio para acrescentar à coleção dele.

Mesmo assim, é difícil refrear a alegria que sinto no momento. Quaisquer que tenham sido os motivos do coronel De Vega, sejam quais forem as armadilhas e humilhações que tenha reservado para mim, posso dizer com toda a honestidade que estou mais feliz agora do que em qualquer outro momento desde que fui preso. Estou sentado à mesa, ouvindo os arranhões da pena na superfície do papel. Paro. Mergulho a pena no tinteiro, depois observo as silhuetas negras tomando forma enquanto mexo a mão devagar da esquerda para a direita. Chego na beirada e volto para o outro lado, e, quando as silhuetas começam a adelgaçar, paro outra vez e mergulho a pena no tinteiro. E assim vou dando cabo da folha, e cada grupamento de marcas é uma palavra, e cada palavra é um som em minha cabeça, e, toda vez que escrevo outra palavra, ouço o som de minha própria voz, ainda que meus lábios permaneçam em silêncio.

Logo depois que o sargento trancou a porta, peguei a mesa e levei-a até a parede oeste, colocando-a bem debaixo da janela. Depois voltei para pegar a cadeira, pus a cadeira em cima da mesa e subi, primeiro na mesa, depois na cadeira. Queria ver se dava para pôr os dedos em volta das grades da janela, na esperança de conseguir puxar o corpo até ela e lá ficar tempo suficiente para uma boa espiada para fora. Por mais que eu me esticasse, porém, as pontas de meus dedos não atingiam o alvo. Sem vontade de desistir de meus esforços, tirei a camisa e tentei jogá-la na direção das grades, achando que talvez ela pudesse se enroscar entre elas, para depois eu me agarrar às mangas e, dessa forma, conseguir me içar até o alto. A camisa, no entanto, não era comprida o bastante, e, sem nenhum tipo de ferramenta para conduzir o tecido em volta das barras de metal (um pau, um cabo de vassoura, até mesmo um graveto), só me restou balançar a camisa para a frente e para trás, como a bandeira branca dos rendidos.

No fim, talvez seja até melhor deixar esses sonhos de lado. Se não posso passar meus dias olhando pela janela, então sou forçado a me concentrar na tarefa que tenho à mão. O essencial é parar de me preocupar com o coronel, expulsar todas as lembranças dele da mente e expor os fatos como eu os conheço. O que ele resolver fazer deste relato é problema exclusivamente dele, e não há nada que eu possa fazer para influir na decisão. A única coisa que dá para eu fazer é contar a história. E, considerando-se a história que tenho para contar, a tarefa já será bastante difícil.

Blank interrompe a leitura por alguns instantes para descansar a vista, passar os dedos pelo cabelo, refletir no significado das palavras que acabou de ler. Quando pensa na tentativa frustrada do narrador de alcançar a janela para ver o que há do lado de fora, de repente se lembra da sua própria janela e, mais precisamente, da persiana da janela, e, agora que tem como viajar até ela sem precisar se levantar, decide que esse é o momento para erguer a persiana e dar uma espiada. Se puder avaliar o que há nos arredores, talvez consiga se lembrar de alguma coisa que o ajude a entender o que faz nesse quarto; talvez a simples visão de uma árvore, da cornija de um prédio, ou de uma nesga aleatória de céu lhe forneça uma compreensão mais ampla da situação. De maneira que abandona temporariamente a leitura do manuscrito para viajar até a parede em que está situada a janela. Quando chega ao destino, estende a mão direita, pega a parte de baixo da persiana e lhe dá um puxão rápido, na esperança de ativar a mola que a fará disparar para o alto. A persiana, no entanto, é velha, já perdeu boa parte da mobilidade, e, ao invés de subir e revelar a janela que há por trás, despenca vários centímetros mais para baixo do parapeito. Frustrado com a tentativa malsucedida, Blank dá um segundo puxão, mais longo e forte, e, sem mais nem menos, a persiana resolve agir como uma persiana decente e se enrola até o topo da janela.

Imagine a decepção de Blank ao ver que as venezianas estão fechadas, bloqueando toda e qualquer possibilidade de ele olhar para fora e descobrir onde está. E nem se trata das clássicas venezianas de madeira, com suas lâminas móveis, que permitem a entrada de um pouco de luz; são aqueles painéis industriais de metal, compactos, sem abertura nenhuma, pintados num tom monótono de cinza, com manchas de ferrugem surgindo nos lugares onde já começou a corrosão da superfície. Assim que Blank se recupera do choque, compreende que a situação não é tão tenebrosa quanto supunha. As venezianas são trancadas pelo lado de dentro, e, para alcançar o fecho, tudo o que ele precisa fazer é erguer o vidro da janela até sua altura máxima. E então, assim que o fecho tiver sido solto, poderá empurrar as venezianas e olhar para o mundo a sua volta. Sabe que terá de se levantar da cadeira para obter a força necessária para essa operação, mas está disposto a pagar o preço, que nem é muito alto, então ergue o corpo do assento, confere para ver se a janela de vidro não está trancada (não está), coloca as duas mãos com firmeza debaixo da travessa superior do caixilho, faz uma pausa para se preparar para o esforço que virá, e depois empurra com toda a força. Fato inesperado, a janela não se mexe. Blank pára a fim de recobrar o fôlego, depois tenta de novo — com o mesmo resultado negativo. Desconfia que a janela emperrou por algum motivo — em virtude ou do excesso de umidade do ar ou de um excesso de tinta que inadvertidamente grudou as metades de cima e de baixo da janela —, mas então, depois de examinar mais de perto a travessa superior do caixilho, descobre algo que lhe escapara antes. Dois pregos grandes, quase invisíveis porque as cabeças estão pintadas, foram martelados na travessa. Um prego grande à esquerda, um prego grande à direita, e, como Blank sabe que será impossível, para ele, remover esses pregos da madeira, a janela não pode ser aberta — nem agora, como ele percebe, nem depois, nem em nenhuma outra circunstância.

Eis a prova, afinal. Alguém, ou talvez diversas pessoas, trancou, trancaram, Blank nesse quarto e o mantém, mantêm, preso contra sua própria vontade. Pelo menos é isso que ele deduz da prova dos dois pregos enterrados no caixilho da janela, mas, por mais infame que seja essa prova, ainda há a questão da porta, e, até que Blank esclareça se a porta foi trancada pelo lado de fora, e se está de fato trancada, a conclusão por ele tirada pode muito bem ser falsa. Se ele estivesse raciocinando com clareza, o passo seguinte seria ir caminhando ou rodando até a porta para investigar de uma vez a questão. Mas Blank não se mexe, continua perto da janela, pelo simples motivo de estar com medo, com tanto medo do que pode vir a descobrir com aquela porta, que não tem coragem de se arriscar a entrar em confronto com a verdade. Em vez disso, senta-se de novo na cadeira e resolve quebrar a janela. Porque, trancado ou não, o que ele quer, desesperadamente e acima de tudo, é descobrir onde está. Lembra-se do homem do manuscrito e se pergunta se também ele não acabará sendo levado para fora e fuzilado. Ou, ainda mais sinistro, no seu entender, se não será assassinado bem ali no quarto, estrangulado pelas mãos fortes de um bandido.

Não há nenhum objeto rombudo nas proximidades. Nenhum martelo, por exemplo, nenhum cabo de vassoura, nenhuma pá, nenhum machado ou aríete, e assim, mesmo antes de começar, Blank sabe que sua tentativa está fadada ao fracasso. De todo modo ele tenta, porque, além de sentir medo, está bravo e, na raiva, tira o tênis do pé direito, agarra a ponta do calçado firmemente com a mão direita, e se põe a martelar o vidro com o calcanhar. Uma janela normal talvez cedesse a um ataque desses, mas essa é uma janela térmica de vidros duplos da melhor qualidade e mal chega a tremer sob as pancadas de lona e borracha da frágil arma do velho. Após vinte e um golpes consecutivos, Blank desiste e deixa o calçado cair no chão. Agora, bravo e frustrado ao mesmo tempo, passa a esmurrar o vidro diversas vezes, não quer deixar que a última palavra seja da janela, mas a carne e o osso se mostram tão pouco eficientes para quebrar o vidro quanto o calçado. Ele se pergunta se talvez arrebentar a cabeça contra o vidro não surtiria efeito, mas, embora sua mente não esteja lá cem por cento, Blank ainda conserva lucidez suficiente para compreender a loucura que seria infligir a si próprio danos físicos tão graves pelo que sem dúvida é uma causa perdida. Com o coração pesado, portanto, afunda de volta na cadeira e fecha os olhos — não apenas com medo, não apenas bravo, como também exausto.

Assim que cerra os olhos, vê os seres ilusórios marchando por sua cabeça. É uma longa procissão, composta de dezenas, se não centenas, de figuras mal iluminadas, e entre elas há tanto homens como mulheres, tanto crianças como velhos, e, ao passo que uns são baixos, outros são altos, e, ao passo que uns são gordos, outros são magros, e, ao apurar os ouvidos para escutá-los, Blank percebe não só o ruído de passos mas algo equiparável a um gemido, um gemido coletivo que mal se ouve, subindo do peito deles. Onde estão e aonde estão indo, ele não sabe dizer, mas parecem estar cruzando paragens esquecidas em algum lugar, uma terra de ninguém de matos raquíticos e terra árida, e, como está tão escuro, e, como cada uma das figuras avança com a cabeça baixa, Blank não consegue distinguir a fisionomia de nenhuma. Tudo o que sabe é que a simples visão dessas fantasias o enche de terror, e, uma vez mais, é tomado por um implacável sentimento de culpa. Especula que talvez essas pessoas sejam as que enviou em missões diversas no correr dos anos, e, como aconteceu com Anna, talvez algumas delas, ou muitas delas, ou todas elas, não se saíram lá muito bem, a ponto de terem sido submetidas a sofrimentos insuportáveis e/ou mortas.

Blank não tem certeza de nada, mas lhe ocorre que talvez seja possível haver uma conexão entre esses seres ilusórios e as fotografias sobre a escrivaninha. E se as fotos forem das mesmas pessoas cujas fisionomias não consegue identificar na cena que se projeta em sua cabeça? Se for esse o caso, então os fantasmas que vê não são ilusórios, e sim lembranças, lembranças de gente de verdade — sim, porque quando foi a última vez que alguém tirou uma foto de alguém que não existia? Blank sabe que não há nada que apóie sua teoria, que tudo não passa de conjecturas desgovernadas, mas tem de haver algum motivo, diz consigo, alguma causa, algum princípio que explique o que está acontecendo com ele, que justifique o fato de estar nesse quarto com essas fotografias e essas quatro pilhas de manuscritos, e por que não investigar um pouco mais para ver se há alguma verdade nesse cego tateio no escuro?

Esquecendo-se dos dois pregos enterrados na janela, esquecendo-se da porta e se ela está trancada pelo lado de fora ou não, Blank roda de volta até a escrivaninha, apanha as fotos e põe todas bem na sua frente. Anna está em cima, claro, e ele passa alguns momentos olhando de novo para ela, estudando seu rosto jovem triste mas belo, fitando as profundezas de seus olhos escuros e intensos. Não, diz consigo, nós nunca fomos casados. O marido dela era um homem chamado David Zimmer, e agora Zimmer está morto.

Larga a foto de Anna e examina a seguinte. É de outra mulher, talvez de uns vinte e tantos anos, de cabelos castanho-claros e um olhar firme, atento. A metade superior de seu corpo não aparece, já que ela está na soleira do que parece ser um apartamento nova-iorquino, com a porta apenas semi-aberta, como se na verdade estivesse prestes a abri-la para receber uma visita, e, apesar da expressão de cautela nos olhos, há um pequeno sorriso vincando os cantos de sua boca. Blank sente uma ferroada momentânea de reconhecimento, mas, por mais que se esforce para lembrar o nome da mulher, não lhe vem nada à cabeça — nem depois de vinte segundos, nem depois de quarenta segundos, nem depois de um minuto. Como se lembrara tão rápido do nome de Anna, presumiu que fosse ser capaz de lembrar-se dos outros também. Mas pelo visto não é bem esse o caso.

Olha outras dez fotos, com os mesmos resultados frustrantes. Um senhor de idade numa cadeira de rodas, tão magro e delicado quanto um pardal, que usa os óculos escuros dos cegos. Uma mulher sorridente, com um drinque numa das mãos e um cigarro na outra, que veste uma roupa de melindrosa dos anos 1920 e um chapeuzinho *cloche*. Um homem assustadoramente obeso, com uma cabeçorra pelada e um charuto pendurado na boca. Outra jovem, dessa vez chinesa, vestida com uma malha de balé. Um homem de cabelos castanhos e bigode encerado, que enverga casaca e cartola. Um rapaz que dorme na grama no que parece ser um parque público. Um homem mais velho, talvez de uns cinqüenta e tantos anos, deitado num sofá com as pernas apoiadas numa pilha de travesseiros. Um sem-teto, barbudo e mal-ajambrado, sentado numa sarjeta, abraçado a um enorme vira-lata. Um negro gorducho, de seus sessenta anos, segurando uma lista telefônica de Varsóvia para 1937-38. Um rapaz esguio, sentado a uma mesa, com cinco cartas na mão e uma pilha de fichas de pôquer em frente.

A cada novo fracasso, Blank fica um pouco mais desencorajado, um pouco mais duvidoso de suas chances com a foto seguinte — até que, resmungando algo em voz tão baixa que o gravador não consegue captar, desiste e afasta as fotografias.

Balança-se para a frente e para trás na cadeira durante bem um minuto, fazendo o que pode para recuperar o equilíbrio mental e deixar a derrota para trás. E então, sem pensar duas vezes no assunto, apanha o manuscrito e retoma a leitura:

Meu nome é Sigmund Graf. Nasci há quarenta e um anos na cidade de Luz, um centro têxtil na região noroeste da província de Faux-Lieu, e, até ser preso pelo coronel De Vega, trabalhei na divisão demográfica do Bureau de Assuntos Internos. Quando jovem, formei-me em literatura clássica pela Universidade de Todas as Almas e em seguida servi como oficial do serviço secreto do exército durante as Guerras da Fronteira Sudeste, tomando parte na batalha que levou à unificação dos principados de Petit-

Lieu e Merveil. Fui desmobilizado no posto de capitão e recebi uma medalha por bons serviços pelo trabalho que fiz interceptando e decodificando mensagens inimigas. Ao regressar à capital, depois da desmobilização, entrei para o Bureau como coordenador de campo e pesquisador. Na época de minha partida para os Territórios Estrangeiros, já havia trabalhado doze anos como membro da equipe. Quando saí de lá, meu título oficial era vice-diretor assistente.

Como todos os cidadãos da Confederação, tive minha parcela de sofrimento, vivi momentos prolongados de violência e rebelião, e trago na alma as marcas de algumas perdas. Não tinha ainda catorze anos quando os distúrbios na Academia Sanctus, em Beauchamp, levaram à irrupção das Guerras do Idioma de Faux-Lieu, e dois meses depois da invasão vi minha mãe e meu irmão mais novo morrerem queimados durante o Saque de Luz. Meu pai e eu estávamos entre os sete mil que tomaram parte no êxodo para a província vizinha de Neu Welt. A viagem cobriu quase mil quilômetros e levou mais de dois meses para ser completada, e, até atingirmos o destino, nosso número havia sido reduzido em um terço. Nos últimos duzentos quilômetros, meu pai estava tão fraco em razão de doença, que tive de carregá-lo nas costas, cambaleando meio às cegas pela lama, debaixo das chuvas de inverno, até chegarmos aos arredores de Nachtburg. Por seis meses, mendigamos nas ruas daquela cidade cinzenta para podermos continuar vivos, e, quando fomos finalmente salvos por um empréstimo de familiares do norte, estávamos a ponto de morrer de inanição. A vida melhorou para nós depois disso, mas, por mais próspero que meu pai tenha se tornado nos anos seguintes, nunca mais se recuperou por completo daqueles meses de aflição. Quando ele morreu, dez verões atrás, aos cinqüenta e seis anos, o peso de suas experiências o envelhecera de tal maneira que ele parecia um homem de setenta.

Houve outras dores, também. Um ano e meio atrás, o Bureau me enviou numa expedição às Comunidades Independentes da província de Tierra Blanca. Menos de um mês após minha partida, a capital foi assolada por uma epidemia de cólera. Muitos agora se referem a ela como a Praga da História, e, considerando-se que atacou bem quando as longas e elaboradíssimas cerimônias de Unificação estavam prestes a começar, dá para entender o motivo de ter sido interpretada como um sinal maligno, um julgamento sobre a natureza e o objetivo da própria Confederação. Não partilho dessa opinião, mas minha vida foi de todo modo permanentemente alterada pela cólera. Isolado de toda e qualquer notícia da cidade, continuei com meu trabalho pelos quatro meses e meio seguintes, viajando de um lado para outro, entre as remotas comunidades montanhosas do sul, dando prosseguimento a minhas investigações a respeito das várias seitas religiosas que tinham criado raízes na região. Quando regressei, em agosto, a crise já passara — mas não antes de minha mulher e minha filha de quinze anos terem desaparecido. A maioria de nossos vizinhos, no bairro de Closterham, havia fugido da cidade ou sucumbido à doença, mas, entre os que restaram, nenhum se lembrava de tê-las visto. A casa estava intacta, e não encontrei em parte alguma provas que sugerissem que a doença se infiltrara naquelas paredes. Fiz uma busca minuciosa em cada aposento, mas não descobri nenhum segredo que pudesse me indicar como ou quando elas teriam abandonado o lugar. Nenhuma peça de roupa ou jóia faltando, nenhum objeto descartado às pressas e jogado pelo chão. A casa estava exatamente como eu a deixara cinco meses antes, exceto pelo fato de que minha mulher e minha filha já não estavam ali.

Passei várias semanas dando busca em toda a cidade, atrás de informações sobre o paradeiro das duas, cada vez mais desesperado com as tentativas fracassadas de topar com notícias que me pusessem no rastro delas. Comecei falando com amigos e colegas, e, depois de ter exaurido o círculo de conhecidos (no qual incluí as amigas de minha mulher, os pais das colegas de classe de minha filha, bem como os lojistas e comerciantes de nosso bairro), passei a apelar para estranhos. Armado com retratos de minha mulher e de minha filha, entrevistei uma série de médicos, enfermeiros e voluntários que haviam trabalhado nos hospitais improvisados e nas salas de aula onde os doentes e os moribundos foram tratados, mas, entre as centenas de pessoas que olharam para aquelas miniaturas, nenhuma foi capaz de reconhecer os rostos que eu tinha nas mãos. No fim, havia apenas uma conclusão a tirar. Minhas duas queridas tinham sido levadas pela peste. Juntamente com milhares de outras vítimas, elas jaziam numa daquelas sepulturas coletivas da penha Viaticum, onde são enterrados os mortos anônimos.

Não conto essas coisas com a intenção de que me vejam sob uma luz compassiva. Ninguém precisa sentir pena de mim e ninguém precisa dar desculpas pelos erros que cometi na esteira desses acontecimentos. Sou um homem, não um anjo, e, se a dor que tomou conta de mim de vez em quando me turvava a visão e levava a determinados lapsos de conduta, isso de forma alguma deverá lançar dúvidas sobre a veracidade de minha história. Antes que alguém tente me desacreditar, apontando essas manchas em minha ficha, apresento-me de livre e espontânea vontade, e declaro abertamente minha culpa ao mundo. Estes são tempos traiçoeiros, e sei como é fácil torcer as percepções com uma única palavra sussurrada no ouvido errado. Lance dúvidas sobre o caráter de um homem, e tudo o que esse homem faz é visto como clandestino, suspeito, abarrotado de motivos dúbios. No meu caso, as falhas em questão vêm de dor, não de malícia; de confusão, não de esperteza. Perdi-me no caminho e, durante meses, busquei conforto na capacidade do álcool de obliterar tudo. Na maior parte das noites, bebia sozinho, sentado no escuro de minha casa vazia, mas algumas noites eram piores que outras. Sempre que me via num desses becos sem saída, meus pensamentos começavam a me sabotar, e não demorava para que me sentisse sufocado pela própria respiração. Minha cabeça se enchia de imagens de minha mulher e de minha filha, e várias e várias vezes eu via os corpos enlameados das duas sendo baixados na vala comum, e várias e várias vezes eu via os membros nus das duas entrelaçados aos membros de outros cadáveres naquele buraco, e, de repente, tornava-se difícil suportar a escuridão da casa. Então me aventurava a sair, na esperança de romper o feitiço daquelas imagens em meio ao barulho e ao tumulto dos locais públicos. Freqüentava tavernas e cervejarias, e foi num desses estabelecimentos que causei o maior dano a mim mesmo e a minha reputação. O pior incidente ocorreu numa noite de sexta-feira, no mês de novembro, quando um homem chamado Giles McNaughton armou uma briga comigo no Auberge des Vents. McNaughton disse que eu o atacara primeiro, mas onze testemunhas depuseram contra ele em tribunal, e fui absolvido de todas as acusações. Não foi nada além de uma pequena vitória, contudo, porque era fato inconteste que eu havia quebrado o braço do homem e arrebentado seu nariz, e eu jamais teria reagido com tanta veemência se não estivesse me afundando no inferno da bebida. O júri me considerou inocente, julgando que eu tinha agido em legítima defesa, mas isso não eliminou o estigma do julgamento propriamente dito — nem o escândalo que houve quando se descobriu que um alto funcionário do Bureau de Assuntos Internos se envolvera num quebra-pau violento de bar. Poucas horas após o veredicto, já circulavam boatos de que funcionários do Bureau haviam subornado certos membros do júri para que votassem a meu favor. Não tenho conhecimento de nenhuma negociata para me inocentar e me inclino a descartar tais acusações como simples fofocas. De certo, só sei que, até aquela noite, nunca tinha visto McNaughton. Ele, por outro lado, sabia o suficiente sobre mim para me chamar pelo nome, e, quando se aproximou da mesa onde eu estava e se pôs a falar de minha mulher, sugerindo estar de posse de informações que me ajudariam a solucionar o mistério do desaparecimento dela, eu lhe disse para dar o fora. O sujeito estava atrás de dinheiro, e uma única olhada para aquele rosto enfermiço de pele manchada me convenceu de que ele era um impostor, um oportunista que ficara sabendo de minha tragédia e tinha intenção de lucrar com ela. McNaughton pelo visto não gostou de ser dispensado de maneira tão perfunctória. Em vez de se desculpar, sentou-se numa cadeira ao lado da minha e, irado, agarrou-me pelo colete. Depois, puxando-me para si até que nossos rostos quase se tocaram, se debruçou para mim e disse: Qual é o problema, cidadão? Tem medo da verdade? Seus olhos estavam repletos de raiva e desprezo, e, por estarmos tão próximos um do outro, aqueles olhos eram os únicos objetos em meu campo de visão. Senti a hostilidade que destilava de seu corpo e, instantes depois, pressenti que estava direcionada inteiramente a mim. Foi aí que parti para cima dele. Sim, ele fora o primeiro a pôr as mãos em mim, mas, assim que comecei a revidar, meu desejo era feri-lo, feri-lo o máximo que pudesse.

Foi esse meu crime. Encare-o pelo que foi, mas não deixe que interfira na leitura deste relatório. O infortúnio vem para todos, e cada um se reconcilia com o mundo a seu modo. Se a força que empreguei contra McNaughton naquela noite foi injustificada, meu maior erro foi o prazer que obtive no uso dessa força. Não desculpo minhas ações, mas, considerando-se meu estado de espírito durante aquele período, é extraordinário que o incidente do Auberge des Vents tenha sido o único em que causei algum dano a terceiros. Todos os outros danos foram causados a mim mesmo, e, até ter aprendido a controlar o desejo de beber (que era na verdade um desejo de morrer), corri o risco de me aniquilar por completo.

47

Com o correr do tempo, consegui me conter novamente, mas confesso que não sou mais o homem que era. Se continuei vivo, isso se deve em grande parte a meu trabalho no Bureau, que me deu um motivo para viver. Tal é a ironia da enrascada em que me encontro. Sou acusado de ser um inimigo da Confederação, no entanto, nos últimos dezenove anos, nunca houve um servidor mais leal na Confederação do que eu. Minha ficha demonstra isso, e sinto orgulho de ter vivido numa época que me permitiu participar de um esforço humano assim tão vasto. Meu trabalho em campo me ensinou a amar a verdade acima de todas as coisas, e, por isso, esclareci a situação em relação a meus pecados e transgressões, mas isso não quer dizer que possa aceitar a culpa por um crime que não cometi. Acredito naquilo que a Confederação representa, e já tive ocasião de defendê-la calorosamente com palavras, feitos, e com meu próprio sangue. Se a Confederação se voltou contra mim, isso só pode significar que a Confederação se voltou contra si própria. Eu não posso mais ter esperança de viver, mas, se estas páginas por acaso caírem nas mãos de alguém com forças suficientes para lê-las no espírito em que foram escritas, então talvez meu assassinato não tenha sido um ato totalmente inútil.

Bem ao longe, muito além do quarto, além do prédio em que está situado o quarto, Blank ouve de novo o grito abafado de uma ave. Distraído pelo som, ergue os olhos da página em frente, abandonando por um tempo as dolorosas confissões de Sigmund Graf. Uma sensação repentina de pressão lhe invade o estômago, e, antes que consiga se decidir se deve chamar aquela sensação de dor ou de simples desconforto, suas vias digestivas corneteiam um amplo e sonoro peido. Hô, hô, diz ele em voz alta, grunhindo de prazer. Hopalong Cassidy ataca outra vez! Depois, reclina-se na cadeira, fecha os olhos, começa a se balançar e logo entra num daqueles estados apáticos, quase de transe, em que a mente se esvazia de todo pensamento, de toda emoção, de toda ligação com o eu. Aprisionado desse modo num estupor reptiliano, Blank está, por assim dizer, ausente, ou ao menos momentaneamente isolado do ambiente que o rodeia, o que significa que não ouve a mão que começou a bater na porta. Pior que isso, não ouve a porta se abrir e, portanto, ainda que alguém tenha entrado no quarto, continua sem saber se a porta está trancada pelo lado de fora ou não. Ou logo mais continuará sem saber, assim que acordar do transe.

Alguém dá palmadinhas em seu ombro, mas, antes que Blank abra os olhos e gire na cadeira para ver quem é, a pessoa já começou a falar. Pelo timbre e pela entonação da voz, Blank sabe que se trata de um homem, mas espanta-se de que esteja falando com o que parece ser um sotaque *cockney*.

Sinto muito, senhor Blank, diz-lhe o homem. Bati várias vezes e, como o senhor não abriu a porta, achei que devia entrar para ver se havia acontecido alguma coisa.

Blank agora gira na cadeira e dá uma boa olhada no visitante. O homem parece estar entrando nos cinqüenta, tem os cabelos muito bem penteados e um bigodinho castanho salpicado de fios brancos. Nem alto nem baixo, diz Blank consigo, mas mais para baixo que para alto, e, pela postura ereta, quase empertigada, dele ali em pé com seu terno de tweed, parece ser algum tipo de militar, ou quem sabe um servidor público de segundo escalão.

E o senhor é?, pergunta Blank.

Flood, senhor. Meu primeiro nome é James. James Patrick. James P. Flood. Não se lembra de mim?

Vagamente, só muito vagamente.

O ex-policial.

Ah. Flood, o ex-policial. O senhor ficou de me fazer uma visita, não é isso?

Isso mesmo, senhor. Exatamente, senhor. É por isso que estou aqui. Estou lhe fazendo uma visita agora.

Blank olha em volta, à procura de uma cadeira que possa oferecer a Flood, mas pelo visto a única cadeira no quarto é a que ele próprio ocupa.

Algo errado?, pergunta Flood.

Não, não, responde Blank. Só estou procurando outra cadeira, mais nada.

Posso sentar na cama, sugere Flood, indicando o móvel. Ou, se estiver disposto, podemos ir até o parque em frente. Ali não faltam bancos.

Blank aponta para o pé direito e diz: Estou sem um dos calçados. Não posso sair só com um calçado.

Flood olha em torno e na mesma hora localiza o tênis branco no chão, debaixo da janela. Lá está o outro, senhor. Se o senhor o calçar de volta, a gente pode picar a mula.

Mula? Do que o senhor está falando?

É só uma expressão, senhor Blank. Não quis ofender ninguém. Flood se cala por uns instantes, olha de volta para o sapato e depois diz: Bem, o que o senhor acha? Devemos calçá-lo ou não?

Blank solta um longo suspiro de enfado. Não, diz, com um quê de sarcasmo na voz, eu não quero calçá-lo. Estou farto desses malditos calçados. Aliás, para dizer a verdade, eu gostaria de tirar também o outro.

Assim que pronuncia essas palavras, Blank se anima, porque percebe que tal ato está dentro do terreno das possibilidades e que, pelo menos no que diz respeito a essa ninharia, tem como assumir as rédeas. Portanto, sem um momento de hesitação sequer, curva-se e tira o tênis do pé esquerdo.

Ah, assim está melhor, diz, erguendo as pernas e mexendo os dedos dos pés no ar. Bem melhor. E eu continuo todo vestido de branco, correto?

Claro que sim, diz Flood. O que tem de tão importante nisso?

Deixa pra lá, diz Blank, eliminando a pergunta de Flood como se não tivesse importância. Sente-se na cama e me diga o que quer, senhor Flood.

O ex-inspetor da Scotland Yard acomoda-se no pé do colchão, posicionando o corpo no quadrante esquerdo para poder alinhar seu rosto pelo rosto do velho, que está sentado na cadeira, com as costas voltadas para a escrivaninha, a uma distância de aproximadamente dois metros. Flood pigarreia, como se em busca das palavras adequadas para começar, e então, com voz baixa e trêmula de ansiedade, diz: É sobre o sonho, senhor.

Sonho?, pergunta Blank, perplexo com a afirmação de Flood. Que sonho?

O meu sonho, senhor Blank. O que o senhor mencionou no seu relatório sobre Fanshawe.

Quem é Fanshawe?

O senhor não lembra?

Não, declara Blank em voz alta, irritada. Não, não me lembro de nenhum Fanshawe. Não consigo me lembrar de quase nada. Eles estão me enchendo de comprimidos, e quase tudo se perdeu. A maior parte do tempo, eu não sei nem quem eu sou. E, se não consigo nem me lembrar de mim mesmo, como é que o senhor espera que eu me lembre desse... desse...

Fanshawe.

Fanshawe... E, por gentileza, me diga: quem é ele?

Um de seus operadores, senhor.

O senhor fala de alguém que eu enviei numa missão?

Numa missão perigosíssima.

E ele sobreviveu?

Ninguém sabe ao certo. Mas a opinião predominante é que ele não está mais entre nós.

Gemendo baixinho consigo, Blank tapa o rosto com as mãos e sussurra: Mais um dos desgraçados.

Perdão, interrompe Flood, não entendi o que o senhor disse.

Nada, responde Blank, num tom de voz mais alto. Eu não disse nada.

Nesse ponto, a conversa cessa por vários momentos. Reina o silêncio, e, nesse silêncio, Blank imagina ouvir o som do vento, um vento forte que sopra em meio a um arvoredo em algum lugar próximo, muito próximo, mas, se esse vento é real ou não, ele não sabe dizer. Durante todo esse tempo, os olhos de Flood continuam fixos no rosto do velho. Quando o silêncio se torna insuportável, ele faz, por fim, uma tímida tentativa de retomar o diálogo. Então?, diz.

Então o quê?, responde Blank.

O sonho. Podemos conversar sobre o sonho agora?

Como é que eu posso falar sobre o sonho de outro homem se não sei que sonho é esse?

É justamente aí que está o problema, senhor Blank. Eu mesmo não lembro qual foi.

Então não posso fazer nada pelo senhor, não é verdade? Se nenhum dos dois sabe o que aconteceu no seu sonho, não há nada para conversar.

É mais complicado que isso.

Não creio, senhor Flood. É muito simples.

Isso porque o senhor não se lembra de ter escrito o relatório. Se o senhor se aplicar de verdade ao assunto, se se concentrar de fato, talvez se recorde de alguma coisa.

Duvido.

Escute. No relatório que escreveu sobre Fanshawe, o senhor diz que ele foi autor de vários livros não publicados. Um deles se intitulava *Terra do Nunca*. Infelizmente, fora sua conclusão de que determinados acontecimentos do livro foram inspirados por acontecimentos semelhantes ocorridos na vida do próprio Fanshawe, o senhor não diz nada a respeito do assunto, nada a respeito da trama, nada a respeito do livro em si. Apenas um rápido aparte — escrito entre parênteses, convém acrescentar —, que diz o seguinte. Cito de memória: (*a casa de Montag no capítulo 7; o sonho de Flood no capítulo 30*). O relevante, aqui, senhor Blank, é que o senhor deve ter lido *Terra do Nunca*, e, como foi provavelmente uma das pouquíssimas pessoas no mundo a fazê-lo, eu ficaria muito grato, do fundo de minha mísera alma, se o senhor pudesse se esforçar para lembrar o conteúdo daquele sonho.

Do jeito que o senhor fala, *Terra do Nunca* deve ser um romance.

É, sim senhor. Um trabalho de ficção.

E Fanshawe usou o senhor como personagem?

Pelo visto sim. Até aí, não há nada de estranho. Pelo que sei, os escritores fazem isso o tempo todo.

Talvez façam, mas não entendo o porquê de tanta preocupação. O sonho nunca aconteceu de fato. Ele não passa de um punhado de palavras numa folha de papel — pura invenção. Esqueça o assunto, senhor Flood. Não é importante.

Para mim é importante, senhor Blank. Toda a minha vida depende disso. Sem esse sonho, eu não sou nada, literalmente nada.

Pessoa em geral reservada, o ex-policial imprime tamanha paixão a esse comentário — a paixão provocada pela ferroada de um desespero genuíno e dilacerante —, que, aos ouvidos de Blank, a frase soa quase como uma piada e, pela primeira vez desde as palavras de abertura deste relato, ele cai na gargalhada. Como seria de esperar, Flood se ofende, porque ninguém gosta de ver seus sentimentos pisoteados de maneira tão desalmada, menos ainda alguém tão fragilizado quanto está Flood no momento.

Assim o senhor me ofende, senhor Blank, diz. Não tem o direito de rir de mim.

Talvez não, diz Blank, assim que o espasmo no peito se aquieta, mas não pude evitar. Você se leva tão a sério, Flood. E acaba ficando ridículo.

Posso ser ridículo, diz Flood, com raiva na voz, mas o senhor, senhor Blank... o senhor é cruel... cruel e indiferente à dor alheia. Brinca com a vida das pessoas e não assume responsabilidade nenhuma pelo que fez. Não vou ficar aqui aborrecendo-o com meus transtornos, mas saiba que o culpo pelo que aconteceu comigo. Culpo-o muito francamente, e o desprezo por isso.

Transtornos?, diz Blank, suavizando de repente o tom de voz, fazendo o possível para demonstrar um pouco de simpatia. Que tipo de transtornos?

As dores de cabeça, por exemplo. Ter sido forçado a pedir aposentadoria precoce. Ter ido à falência. E há também a história com minha mulher, ou, melhor dizendo, minha ex-mulher, sem contar meus filhos, que não querem mais nem me ver. Minha vida desmoronou, senhor Blank. Eu caminho pelo mundo como um fantasma e às vezes até questiono se existo mesmo. Se algum dia já existi de fato.

E acha que saber algo a respeito daquele sonho vai ajudá-lo a solucionar tudo isso? É bastante improvável, sabia?

O sonho é minha única chance. É como se eu tivesse perdido uma parte de mim, e, até encontrá-la, não vou conseguir ser realmente eu outra vez.

Não me lembro de Fanshawe. Não me lembro de ter lido o romance dele. Não me lembro de ter escrito o relatório. Bem que gostaria de ajudá-lo, Flood, mas o tratamento a que estão me submetendo transformou meu cérebro num pedaço de ferro enferrujado.

Tente lembrar. É só o que lhe peço. Tente.

Ao olhar para os olhos do aflito ex-policial, Blank nota que as lágrimas começaram a rolar pelo rosto dele. Pobre-diabo, diz

Blank consigo. Por uns poucos momentos, pondera sobre a conveniência ou não de pedir a Flood que o ajude a localizar o armário, já que lembra que foi Flood quem o mencionou por telefone mais cedo, mas no fim, depois de pesar os prós e os contras, decide que é melhor não. Em vez disso, diz: Por favor, desculpe-me, senhor Flood. Perdoe-me por ter rido do senhor.

Agora Flood já se foi, e, uma vez mais, Blank está sozinho no quarto. Na esteira do encontro angustiante entre os dois, o velho se sente irritado e indisposto, magoado com as acusações injustas e belicosas a que foi submetido. De toda forma, não quer desperdiçar nenhuma oportunidade de aumentar os conhecimentos sobre sua situação, de modo que gira a cadeira até ficar de frente para a escrivaninha, depois pega o bloco e a caneta esferográfica. A esta altura já tem entendimento suficiente para saber que, se não escrever imediatamente o nome, ele vai lhe escapar em instantes, e não quer correr o risco de esquecê-lo. Por isso, abre o bloco na primeira página, apanha a caneta e acrescenta mais um nome a sua lista:

> James P. Flood
> Anna
> David Zimmer
> Peter Stillman, Jr.
> Peter Stillman, Sr.
> Fanshawe

Ao escrever o nome de Fanshawe, Blank se recorda de Flood ter feito menção a outro nome durante a visita, um nome que foi citado juntamente com a referência ao sonho de Flood no capítulo 30 do livro, mas, por mais que se esforce para lembrar, não consegue atinar com a resposta. Algo a ver com o capítulo 7, diz consigo, algo a ver com uma casa, mas o resto é um branco na mente de Blank. Vexado com sua própria incapacidade, ainda assim ele decide anotar alguma coisa, na esperança de que o nome lhe volte num momento futuro. A lista agora está assim:

James P. Flood
Anna
David Zimmer
Peter Stillman, Jr.
Petter Stillman, Sr.
Fanshawe
Homem com casa

Quando Blank larga a caneta, uma palavra começa a ressoar em sua cabeça, e, durante vários minutos depois disso, enquanto a palavra continua ecoando lá dentro, ele pressente que está à beira de uma descoberta importante, de um momento decisivo, que o ajudará a esclarecer algo a respeito daquilo que o futuro lhe reserva. A palavra é *parque*. Lembra então que, pouco depois de entrar no quarto, Flood sugeriu que fossem conversar no *parque em frente*. No mínimo, isso parece contradizer a afirmação anterior de Blank de que é um prisioneiro, de que está confinado no espaço dessas quatro paredes que o cercam, impedido para sempre de seguir em frente mundo afora. Ele se sente um tanto encorajado por esse pensamento, mas também sabe que, mesmo que tenha permissão para visitar o parque, isso não é necessariamente uma prova de que seja um homem livre. Talvez esses passeios sejam possíveis apenas sob rígida supervisão, e, assim que Blank tiver saboreado uma dose bem-vinda de sol e ar fresco, será prontamente levado de volta para o quarto, onde continuará prisioneiro contra sua vontade. Acha uma pena não ter tido a presença de espírito de apurar essa história do parque com Flood — verificar, por exemplo, se se trata de um parque público, ou se é apenas uma área com um punhado de árvores ou um gramado, que faz parte do prédio, instituição ou asilo em que agora ele vive. Mais importante, ele se dá conta, talvez pela enésima vez no dia, de que tudo se resume à natureza da porta e a ficar sabendo se ela está trancada pelo lado de fora ou não. Fecha os olhos e faz um grande esforço para se lembrar dos sons que ouviu depois que Flood saiu do quarto. Teria sido o barulho de um ferrolho se fechando, de uma chave rodando numa fechadura cilíndrica, ou apenas o clique de uma lingüeta? Blank não consegue lembrar-se. Até a conversa com Flood terminar, ele já estava tão agitado com as recriminações chorosas do desagradável homenzinho, que não tinha mais cabeça para prestar atenção em ninharias como fechaduras, ferrolhos e portas.

Blank se pergunta se não teria chegado finalmente o momento de investigar ele próprio o assunto. Por mais medo que sinta, não seria melhor descobrir a verdade de uma vez por todas, em vez de viver num perpétuo estado de incerteza? Talvez, diz consigo. Por outro lado, talvez não. Antes que Blank consiga decidir se tem ou não coragem de enfim viajar até a porta, um problema novo e mais urgente se impõe de repente — o que poderia ser chamado com muita precisão de uma *urgência urgentíssima*. A pressão mais uma vez começou a crescer no corpo de Blank. Diferentemente do episódio anterior, situado mais ou menos na área em volta do estômago, este se localiza vários centímetros abaixo, na região mais ao sul da barriga de Blank. Graças a uma longa experiência em assuntos como esse, o velho compreende que precisa fazer xixi. Chega a pensar em viajar até o banheiro na cadeira, mas, sabendo que a cadeira não vai passar pela porta do banheiro, e sabendo também que não poderá executar o xixi sentado na cadeira, que vai haver um momento em que inevitavelmente terá de se levantar (ainda que seja apenas para sentar-se de novo no assento da privada, se for acometido por mais uma onda de tontura), ele resolve fazer o trajeto a pé. Levanta-se, portanto, da cadeira, e fica satisfeito ao perceber que seu equilíbrio está bom, sem sinais da vertigem que o infernizou mais cedo. O que Blank esqueceu, no entanto, é que já não está com os tênis brancos, sem contar que também não está com os chinelos pretos, e que não há mais nada em seus pés a não ser as meias brancas de náilon. Como o tecido dessas meias é ultrafino, e como o assoalho de madeira é ultraliso, Blank descobre, após o primeiro passo, que dá para escorregar até o destino — não com aquele ruído áspero dos chinelos se arrastando pelo chão, e sim como se estivesse se movendo de patins sobre o gelo.

Ele tem agora à disposição uma nova forma de prazer e, depois de mais duas ou três escorregadas experimentais entre a escrivaninha e a cama, conclui que isso não é menos prazeroso que se balançar para a frente e para trás e girar na cadeira — talvez seja até mais. A pressão na bexiga está aumentando, mas Blank retarda a viagem até o banheiro a fim de prolongar sua volta no gelo imaginário por mais alguns instantes, e, enquanto patina ao redor do quarto, ora erguendo um pé no ar, ora o outro, ou flutuando com os dois pés no chão, de novo regressa ao passado distante, não tão remoto quanto a era de Branquinho, o cavalinho de balanço, ou as manhãs em que sentava no colo da mãe enquanto ela o vestia na cama, mas de todo modo um bom tempo antes: Blank está na fase média da meninice, com uns dez anos de idade, talvez onze, mas em hipótese alguma doze. É uma tarde gelada de sábado, em janeiro ou fevereiro. O lago, na cidadezinha onde ele cresceu, congelou, e lá está o jovem Blank, que na época era chamado de *master* Blank,[*] patinando de mãos dadas com seu primeiro amor, uma garota de olhos verdes e cabelos castanhos aver-

---

[*] Nesse caso, *master* é a forma de tratamento usada antigamente por criados e subalternos para se dirigir a rapazes e meninos que ainda não tinham idade suficiente para ser chamados de *mister*. (N. T.)

melhados, longos cabelos castanhos avermelhados despenteados pelo vento, as faces vermelhas por causa do frio, cujo nome ele já esqueceu mas começava com a letra S, diz Blank consigo, tem certeza disso, talvez Susie, pensa, ou Samantha, ou Sally, ou Serena, mas não, nenhum desses, e, no entanto, isso não importa, porque, como foi a primeira vez na vida que pegou na mão de uma garota, do que ele mais se lembra agora é da sensação de ter entrado num novo mundo, um mundo em que pegar na mão de uma garota era um bem a ser almejado acima de todos os outros, e tamanho era seu ardor por aquela jovem criatura cujo nome começava com a letra S, que, logo que pararam de patinar e sentaram num toco de árvore à beira do lago, *master* Blank teve a ousadia de se inclinar para a frente e beijá-la nos lábios. Por motivos que o deixaram espantado e magoado ao mesmo tempo, a srta. S. caiu na gargalhada, virou a cabeça e o repeliu com uma frase que ele nunca mais esqueceu — nem mesmo agora, nessa sua abjeta situação atual, quando nem tudo está em ordem na cabeça dele e tantas outras coisas desapareceram: Não seja bobo. Isso porque o objeto de sua afeição não entendia nada desses assuntos, tinha no máximo dez ou onze anos e, portanto, não estava ainda madura a ponto de os avanços amorosos de um membro do sexo oposto fazerem sentido para ela. Assim, em vez de responder ao beijo de *master* Blank com um beijo seu, ela riu.

A repulsa continuou a martelá-lo durante vários dias, provocando tamanha dor em sua alma, que uma manhã, reparando no comportamento soturno do filho, a mãe lhe perguntou qual era o problema. Blank ainda era jovem o bastante para não ter o menor pudor de confiar na mãe, e, assim, contou-lhe a história toda. Ao que ela respondeu: Não se preocupe; há muitos outros seixos na praia. Era a primeira vez que Blank ouvia a expressão, e achou curioso comparar garotas a seixos, com os quais elas não se pareciam nem um pouco, pensava, ao menos não na sua experiência.

De todo modo, entendeu a metáfora, mas, apesar de ter captado o recado que a mãe tentou lhe dar, discordou dela, já que a paixão é e será sempre cega a tudo exceto a uma coisa, e, no que dizia respeito a Blank, havia um único seixo digno de nota na praia, e, se ele não podia ter aquele, não estava interessado em nenhum outro. O tempo mudou isso tudo, claro, e, à medida que os anos passaram, ele começou a ver a sabedoria do comentário materno. Agora, enquanto continua a deslizar ao redor do quarto em suas meias brancas de náilon, pergunta-se quantos seixos teria havido desde então. Blank não está bem certo, pois sua memória é mais que falha, mas sabe que devem estar na casa da dezena, talvez até da vintena — mais seixos no passado dele do que conseguiria contar, chegando até Anna, a moça havia tanto tempo perdida, redescoberta hoje na praia infinita do amor.

Essas reflexões passam céleres pela mente de Blank, mera questão de segundos, quem sabe dez, quem sabe vinte, e, nesse tempo, enquanto o passado assoma lá dentro, ele luta para manter a concentração e não perder o equilíbrio enquanto patina pelo quarto. Por mais curtos que sejam os segundos, no entanto, há um momento em que os tempos de outrora tomam conta do tempo presente, e, em vez de fazer as duas coisas ao mesmo tempo, pensar e se mover, Blank esquece que está em movimento e se concentra apenas nos pensamentos, e, não muito tempo depois, talvez menos de um segundo, dois no máximo, seus pés escapam ao controle, e ele cai.

Por sorte, não cai de cabeça, mas, em todos os outros aspectos, pode-se dizer que foi uma queda feia. Tombando no vazio, enquanto os pés calçados com as meias lutam para encontrar apoio nas tábuas escorregadias, ele leva as mãos para trás, na vã esperança de suavizar o impacto, mas ainda assim se choca no chão bem na altura do cóccix, o que dispara uma cascata de fogo vulcânico por suas pernas e pelo torso, e, como caiu em cima das mãos, pulsos e cotovelos de repente também estão em fogo. Blank se contorce no chão, atordoado demais até para sentir pena de si mesmo, e, enquanto batalha para absorver a dor que lhe invade o corpo, se esquece de contrair os músculos do pênis e em torno do pênis, coisa que vinha fazendo até então, enquanto patinava pelo passado. Sim, porque a bexiga de Blank está a ponto de estourar, de tão cheia, e, sem fazer um esforço consciente para segurá-la, por assim dizer, ele está prestes a causar um vergonhoso e embaraçoso acidente. Mas a dor é demais para ele. Ela afastou todos os outros pensamentos de sua mente, e, logo que começa a relaxar os supracitados músculos, sente a uretra ceder ao inevitável e, um instante depois, está mijando na calça. Igualzinho a um bebê, diz consigo, enquanto a urina quente flui dele e escorre pela perna. Depois acrescenta: Balbuciando e vomitando no colo da babá. E em seguida, mal o dilúvio termina, berra a plenos pulmões: Idiota! Velho idiota! Que diabo está acontecendo com você?

Agora Blank está no banheiro, tirando a calça, a cueca e as meias, tudo ensopado e amarelado por sua perda involuntária de controle. Irritado com o papelão, os ossos ainda doloridos do tombo, joga as peças de roupa na banheira, com raiva, depois pega a toalhinha branca que Anna usou para lhe dar banho mais cedo, e limpa as pernas e a virilha com água morna. Enquanto faz isso, o pênis dele começa a sair de seu estado atual de flacidez, elevando-se da perpendicular para um ângulo de quarenta e cinco graus. Apesar das múltiplas indignidades a que foi submetido nos últimos minutos, Blank não consegue evitar de sentir um certo consolo com tal desdobramento, como se de algum modo isso fosse uma prova de que sua honra continua intacta. Depois de mais algumas puxadas, o velho companheiro se sobressai com uma estocada de noventa graus, nada menos que isso, e dessa forma, precedido por sua segunda ereção do dia, Blank volta para o quarto, vai até a cama e enfia a calça de pijama que Anna guardara debaixo do travesseiro. Até o velho enfiar os pés nos chinelos de couro, o Maioral já começava a murchar, mas esperar o quê, na ausência de mais fricção ou de estímulo mental de algum tipo? Blank se sente mais confortável de calça de pijama e chinelos do que se sentia dentro da calça branca e dos tênis, mas ao mesmo tempo não consegue deixar de sentir culpa pela mudança no vestuário, porque o fato é que não está mais todo de branco, o que significa que quebrou a promessa feita a Anna — conforme exigência de Peter Stillman, Junior —, e isso o magoa profundamente, mais profundamente que a dor física que ainda reverbera em seu corpo. Enquanto arrasta os pés até a escrivaninha para retomar a leitura do manuscrito, decide que vai confessar tudo a Anna a próxima vez que a vir, na esperança de que ela encontre dentro de si generosidade para perdoá-lo.

Vários momentos depois, Blank está de novo sentado na cadeira, o cóccix latejando enquanto ele remexe o traseiro de um lado para outro, até se acomodar numa posição mais ou menos aceitável. E então começa a ler:

Ouvi falar do problema nos Territórios Estrangeiros só seis meses atrás. Era um fim de tarde de verão, e eu estava sozinho em minha sala, trabalhando nas últimas páginas de meu relatório semi-anual. Àquela altura já estávamos em plena temporada de ternos brancos de algodão, mas o dia tinha sido especialmente abafado, trazendo consigo um peso tão sufocante, que até o tecido mais fino parecia excessivo. Às dez horas, dei ordens para os funcionários de meu departamento tirarem o paletó e a gravata, mas essa providência não deu mostras de ter surtido efeito, e ao meio-dia os dispensei. Como durante toda a manhã a equipe não havia feito nada além de se abanar e enxugar o suor da testa, pareceu-me sem sentido mantê-los mais tempo como reféns.

Lembro-me de ter feito minha refeição no Bruder Hof, um pequeno restaurante na esquina do prédio do Ministério do Exterior. Depois disso, desci o bulevar Santa Victoria até o rio para ver se conseguia convencer alguma brisa a bafejar meu rosto. Vi crianças lançando seus barquinhos de brinquedo na água, mulheres caminhando em grupos de três e quatro, com suas sombrinhas amarelas e seus sorrisos recatados, rapazes à toa na relva. Sempre amei a capital no verão. Há uma calmaria que nos envolve a todos nessa época do ano, uma espécie de transe que parece turvar as diferenças entre coisas animadas e coisas inanimadas, e, com menos gente, e gente mais tranqüila, circulando pelas avenidas, o frenesi das outras estações se torna quase inimaginável. Talvez porque a essa altura o Protetor e sua família já tenham deixado a cidade, e com o palácio vazio, as venezianas azuis baixadas sobre as conhecidas janelas, a realidade da Confederação começa a parecer menos substancial. Tem-se uma consciência muito maior das vastas distâncias, dos povos e territórios intermináveis, do caos e do bulício de vidas sendo vividas — mas é tudo muito remoto, de certa forma, como se a Confederação tivesse se tornado algo interno, um sonho que cada um leva dentro de si.

Depois de retornar ao escritório, trabalhei sem parar até as quatro horas. Tinha acabado de pousar a caneta, para ruminar os parágrafos de conclusão, quando fui interrompido pela chegada do secretário do ministro — um jovem chamado Jensen ou Johnson, não lembro ao certo. Ele me entregou uma nota e em seguida olhou discretamente para o outro lado, enquanto eu lia o que estava escrito, à espera de uma resposta para levar de volta ao ministro. A mensagem era breve. *Seria possível dar uma passada em minha casa esta noite? Desculpe o convite de última hora, mas há um assunto de grande importância que precisamos discutir. Joubert.*

Redigi uma resposta em papel timbrado do departamento, agradecendo ao ministro pelo convite e dizendo-lhe que poderia contar comigo às oito horas. O secretário de cabelos ruivos saiu com a carta, e, por alguns minutos depois disso, continuei à escrivaninha, intrigado com o que acabara de acontecer. Joubert fora nomeado ministro três meses antes, e nesses três meses eu só o vira uma vez — durante um banquete formal organizado pelo Bureau para celebrar sua nomeação. Em circunstâncias normais, um homem na minha posição quase não teria contato direto com o ministro, e achei estranho ter sido convidado para ir a sua casa, sobretudo tão de última hora. Por tudo quanto eu ouvira a respeito dele até então, Joubert não era nem um homem impulsivo nem um administrador espalhafatoso, e tampouco abusava de seus poderes de maneira arbitrária ou injusta. Eu não acreditava que tivesse sido convocado para aquela reunião privada porque ele estivesse planejando criticar meu trabalho, mas, ao mesmo tempo, pela urgência do recado, era óbvio que seria mais que uma simples visita social.

Para alguém que tinha galgado a tão alto posto, Joubert não era uma figura que impressionasse. Faltando pouco para seu sexagésimo aniversário, era um homem atarracado e miúdo, de vista fraca e nariz bulboso, que não parou um só minuto de ajustar o pincenê durante toda a nossa conversa. Um criado conduziu-me pelo corredor central até uma pequena biblioteca no térreo da residência do ministro, e, quando Joubert se levantou para me cumprimentar, vestido com uma sobrecasaca marrom fora de moda e plastrão branco de rufos, tive a sensação de estar cumprimentando um mero causídico assistente, não um dos homens mais importantes da Confederação. Assim que começamos a falar, contudo, essa ilusão se dissipou rapidamente. Ele tinha um raciocínio preciso, a mente atenta, e cada comentário seu era feito com autoridade e convicção. Depois de me pedir desculpas por ter me chamado para ir a sua casa em momento tão inoportuno, apontou para uma cadeira de couro dourada em frente à escrivaninha dele, e eu sentei.

— Presumo que já tenha ouvido falar de Ernesto Land — disse ele, sem perder mais tempo com formalidades inúteis.

— Ele foi um de meus melhores amigos — respondi. — Lutamos juntos nas Guerras da Fronteira Sudeste e depois fomos colegas na mesma divisão de inteligência. Depois do Tratado de Consolidação de Quatro de Março, ele me apresentou à mulher com quem acabei me casando, Beatrice. Um homem de coragem e habilidade excepcionais. Sua morte, durante a epidemia de cólera, foi uma grande perda para mim.

— Essa é a história oficial. Há um atestado de óbito arquivado no Departamento de Cadastros da Prefeitura, mas recentemente o nome de Land andou circulando de novo, em diversas oportunidades. Se essas notícias forem verdadeiras, tudo indica que ele continua vivo.

— Mas essa é uma excelente notícia, senhor ministro. Que muito me alegra.

— Durante os últimos meses, tivemos conhecimento de alguns rumores que correm na guarnição de Ultima. Nada foi confirmado, mas, segundo essas histórias, Land atravessou a fronteira e entrou nos Territórios Estrangeiros em algum momento após o fim da epidemia de cólera. São três semanas de viagem da capital até Ultima. O que significa que Land partiu logo depois do início da praga. Portanto, não está morto — apenas desaparecido.

— Ninguém pode cruzar a fronteira dos Territórios Estrangeiros. Todos sabem disso. Os Decretos de Não-Entrada estão em vigor há mais de dez anos.

— De todo modo, é lá que Land está. Se os informes passados pelo serviço de inteligência estiverem corretos, ele viajou com um exército de mais de cem homens.

— Não estou entendendo.

— Nós achamos que ele está fomentando o descontentamento entre os primitivos e se preparando para liderar uma insurreição contra as províncias ocidentais.

— Isso é impossível.

— Nada é impossível, Graf. Você, mais que qualquer outra pessoa, devia saber disso.

— Ninguém acredita com mais fervor do que ele nos princípios da Confederação. Ernesto Land é um patriota.

— Os homens às vezes mudam de opinião.

— O senhor deve estar enganado. Um levante é impossível. Qualquer ação militar exigiria união entre os primitivos, e isso jamais ocorreu e jamais ocorrerá. Eles são tão divididos e variados quanto nós. Seus hábitos sociais, suas línguas e suas crenças religiosas os mantiveram em pé de guerra durante séculos. Os Tackamen, no leste, enterram os mortos, como nós o fazemos. Os Gangi, no oeste, põem seus mortos em plataformas elevadas e deixam que os cadáveres apodreçam ao sol. O Povo Corvo, no sul, queima seus mortos. Os Vahntoo, do norte, cozinham os cadáveres e os comem. Para nós, isso é uma ofensa a Deus, mas para eles é um ritual sagrado. Cada nação é dividida em tribos, que por sua vez são subdivididas em clãs menores, e não foram só as nações que combateram inúmeras vezes no passado, mas as diversas tribos existentes dentro delas também guerrearam umas contra as outras. Simplesmente não consigo vê-los unindo-se, senhor ministro. Se eles fossem capazes de uma ação unificada, jamais teriam sido derrotados.

— Pelo que vejo, conhece muito bem os Territórios.

— Fiquei mais de um ano entre os primitivos quando comecei a trabalhar no Bureau. Isso foi antes dos Decretos de Não-Entrada, claro. Passei de um clã a outro, estudando o funcionamento de cada sociedade, investigando tudo, desde as leis alimentares até os rituais de acasalamento. Foi uma experiência inesquecível. De lá para cá, sempre achei meu trabalho envolvente, mas considero que essa foi a atribuição mais estimulante de minha carreira.

— Era tudo deles, antes. Depois chegaram os navios, trazendo colonos da Ibéria e da Gália, de Álbion, da Germânia e dos reinos tártaros, e pouco a pouco os primitivos foram expulsos de suas terras. Nós os trucidamos, os escravizamos, e depois os confinamos nos territórios áridos e estéreis além das províncias ocidentais. Você deve ter encontrado muita amargura e ressentimento durante suas viagens.

— Menos do que seria de esperar. Depois de quatrocentos anos de conflito, a maioria das nações estava feliz por se achar em paz.

— Isso foi há mais de dez anos. Talvez eles tenham repensado suas posições, a esta altura. Se eu estivesse no lugar deles, me sentiria seriamente tentado a reconquistar as províncias ocidentais. O solo ali é fértil. As matas estão cheias de caça. Eles teriam uma vida muito melhor, mais fácil.

— O senhor esquece que todas as nações primitivas endossaram os Decretos de Não-Entrada. Agora que as lutas cessaram, elas preferem viver cada qual em seu próprio mundo, sem interferência da Confederação.

— Espero que você esteja certo, Graf, mas é meu dever preservar o bem-estar da Confederação. Mesmo que se acabe provando que os informes sobre Land não têm o menor fundamento, eles precisam ser investigados. Você o conhece, já passou uns tempos nos Territórios, e, entre todos os funcionários do Bureau, não consigo pensar em ninguém melhor para cuidar desse assunto. Não estou ordenando que você vá, mas ficaria profundamente grato se aceitasse. O futuro da Confederação pode depender disso.

— Sinto-me honrado pela confiança em mim depositada, senhor ministro. Mas e se por acaso eu não receber permissão para cruzar a fronteira?

— Você estará de posse de uma carta pessoal minha para o coronel De Vega, o oficial encarregado da guarnição. Ele não vai gostar muito da história, mas não terá escolha. Uma ordem expedida pelo governo central tem de ser cumprida.

— Mas, se o que o senhor diz for verdade, e Land estiver nos Territórios Estrangeiros com cem homens, estamos diante de uma pergunta desconcertante, não é verdade?

— Pergunta?

— Como foi que ele conseguiu chegar lá? Pelo que me disseram, há tropas estacionadas ao longo de toda a fronteira. Posso até imaginar um único homem driblando a vigilância delas, mas não cem. Se Land conseguiu passar, deve ter feito isso com o conhecimento do coronel De Vega.

— Pode ser que sim. Pode ser que não. Esse é um dos mistérios que você tem por incumbência deslindar.

— Quando o senhor quer que eu vá?

— Tão logo puder. Haverá uma carruagem do ministério a sua disposição. Nós forneceremos os suprimentos e tomaremos todas as providências necessárias. As únicas coisas que vai precisar levar consigo são a carta e a roupa do corpo.

— Amanhã de manhã, então. Acabei de escrever meu relatório semi-anual, e minha escrivaninha está limpa.

— Vá ao ministério às nove horas para pegar a carta. Esperarei por você em minha sala.

— Perfeitamente, senhor ministro. Amanhã de manhã, às nove.


Quando Blank chega ao fim da conversa entre Graf e Joubert, o telefone começa a tocar, e uma vez mais ele é obrigado a interromper a leitura do manuscrito. Praguejando em voz baixa enquanto se livra da cadeira, atravessa o quarto a passos trôpegos e lentos para chegar à mesa-de-cabeceira, movendo-se com dificuldade em virtude dos machucados recentes, e tão árdua é a marcha, que ele só apanha o fone no sétimo toque, ao passo que antes tivera agilidade suficiente para atender o telefonema de Flood no quarto toque.

O que você quer?, pergunta Blank com aspereza, enquanto senta na cama, sentindo de repente um frêmito da antiga tontura rodopiar dentro dele.

Quero saber se o senhor já terminou a história, responde a voz calma de um homem.

História? De que história está falando?

Da que está lendo. Da história sobre a Confederação.

Não sabia que era uma história. Parece mais um relatório, algo que aconteceu de fato.

É faz-de-conta, senhor Blank. Uma obra de ficção.

Ah. Está explicado por que nunca ouvi falar naquele lugar. Sei que minha cabeça não está funcionando muito bem hoje, mas achei que o manuscrito de Graf tivesse sido encontrado muitos anos depois de ter sido escrito e que alguém o tivesse batido à máquina.

Um erro honesto.

Um erro estúpido.

Não se preocupe com isso. A única coisa que preciso saber é se o senhor terminou a história ou não.

Quase. Faltam só mais algumas páginas. Se você não tivesse me interrompido com esse maldito telefonema, eu provavelmente já estaria perto de terminar.

Ótimo. Estarei aí dentro de uns quinze, vinte minutos, e então podemos começar a consulta.

Consulta? Do que está falando?

Sou seu médico, senhor Blank. Eu o visito todos os dias.

Não me lembro de ter um médico.

Claro que não. Isso é sinal de que o tratamento está começando a fazer efeito.

E meu médico tem um nome?

Farr. Samuel Farr.

Farr... Hum... Sim, Samuel Farr... Por acaso conhece uma mulher chamada Anna?

Falaremos sobre isso mais tarde. Por enquanto, a única coisa que tem de fazer é terminar a história.

Muito bem, vou terminar a história. Mas, quando você chegar, como é que vou reconhecê-lo? E se for alguém se fazendo passar por você?

Há uma foto minha na sua escrivaninha. A décima segunda, começando pelo topo da pilha. Dê uma boa olhada nela, e, quando eu aparecer, o senhor não terá a menor dificuldade em reconhecer-me.


Agora Blank está de novo sentado na cadeira, debruçado sobre a escrivaninha. Em vez de procurar a foto de Samuel Farr na pilha de fotografias, como fora instruído a fazer, pega o bloco e a esferográfica, e acrescenta mais um nome a sua lista:

> James P. Flood
> Anna
> David Zimmer
> Peter Stillman, Jr.
> Peter Stillman, Sr.
> Fanshawe
> Homem com casa
> Samuel Farr

Tão logo põe o bloco e a caneta de lado, pega o manuscrito da história, esquecendo-se totalmente da intenção de procurar a foto de Samuel Farr, da mesma forma como se esqueceu há muito de procurar o armário que supostamente existe no quarto. As últimas páginas do texto dizem o seguinte:

O longo trajeto até Ultima me deu tempo de sobra para refletir sobre a natureza da missão que teria pela frente. Os cocheiros se revezavam na boléia a intervalos de pouco mais de trezentos quilômetros, e, sem nada para fazer a não ser ficar na carruagem e olhar a paisagem, comecei a sentir um medo que foi crescendo à medida que me aproximava do meu destino. Ernesto Land tinha sido meu companheiro e um amigo do peito, e para mim era muito difícil aceitar o veredicto de Joubert, de que ele se transformara num traidor da causa que defendera a vida inteira. Land permanecera no exército depois das Consolidações do Ano 31, e continuou a trabalhar como oficial do serviço de inteligência sob a égide do Ministério da Guerra; sempre que jantava conosco em casa ou nos encontrávamos para o lanche da tarde numa das tavernas perto da Esplanada dos Ministérios, ele falava com entusiasmo sobre a vitória inevitável da Confederação, confiante no sucesso de tudo aquilo com que havíamos sonhado e por que havíamos lutado desde muito jovens. Agora, segundo os agentes de Joubert em Ultima, Land não só escapara da morte durante a epidemia de cólera, como falsificara sua própria morte para poder desaparecer sertão adentro, acompanhado de um pequeno exército de anticonfederacionistas, com o intuito de fomentar a rebelião entre os primitivos. Considerando-se tudo o que eu sabia a respeito dele, essa acusação me parecia absurda, monstruosa.

Land tinha crescido na zona agrícola da província de Tierra Vieja, na região noroeste, mesma parte do mundo onde nasceu minha mulher, Beatrice. Eles haviam sido companheiros de folguedos quando crianças, e durante muitos anos foi dado como certo, por suas famílias, que acabariam se casando. Beatrice uma vez me confessou que Ernesto tinha sido seu primeiro amor e que, quando mais tarde ele a largou para ficar noivo de Hortense Chatterton, filha de uma rica família de armadores de Mont Sublime, para ela foi como se a vida tivesse terminado. Mas Beatrice era uma moça forte, orgulhosa demais para partilhar seu sofrimento com quem quer que fosse, e, numa demonstração de coragem e dignidade notáveis, compareceu, com os pais e os dois irmãos, à luxuosa festa de casamento na propriedade dos Chatterton. Foi lá que fomos apresentados. Apaixonei-me por ela naquela noite mesmo, mas só depois de uma corte prolongada de dezoito meses é que ela finalmente aceitou meu pedido de casamento. Eu sabia não ser páreo para Land, aos olhos dela. Não era nem tão bem-apanhado nem tão brilhante quanto ele, e levou algum tempo para Beatrice compreender que minha firmeza de caráter e minha total devoção a ela eram qualidades não menos importantes para construirmos uma união para toda a vida. Por mais que eu admirasse Land, também tinha consciência de seus defeitos. Sempre houve um elemento desregrado e selvagem nele, uma certeza obstinada da sua superioridade sobre os outros, e, apesar de ele ser um homem charmoso e persuasivo, com uma capacidade inata de atrair a atenção para si onde quer que estivesse, também era possível sentir nele uma vaidade incurável espreitando logo abaixo da superfície. Seu casamento com Hortense Chatterton foi uma união infeliz. Ele foi infiel a ela quase desde o início, e, quando ela morreu de parto quatro anos depois, ele se recuperou rapidamente da perda. Cumpriu todos os rituais do luto e da dor pública, mas lá no fundo, a meu ver, ficou mais aliviado que triste. Nós o vimos um bocado de vezes depois, muito mais que nos seus primeiros anos de casado. Para lhe fazer justiça, é preciso dizer que Land se afeiçoou muito a nossa filhinha, Marta, sempre levava presentes quando nos visitava, e de tal forma encheu a menina de afeto que ela acabou por considerá-lo uma figura heróica, o maior homem que já houve na Terra. Ele se comportava com o máximo de decoro quando estava conosco; no entanto, quem poderia me culpar quando eu às vezes me perguntava se o fogo que um dia ardera por ele no coração de minha mulher já teria se apagado por completo? Nada de impróprio jamais aconteceu — nenhuma palavra, nenhuma troca de olhares entre eles que pudesse ter despertado meu ciúme —, mas, na esteira da epidemia de cólera que supostamente matara os dois, como interpretar o fato de os relatos atuais darem conta de que Land estava vivo e o fato de que, apesar de meus ingentes esforços para saber alguma coisa a respeito da sorte de Beatrice, não me fora possível encontrar sequer uma única testemunha que a tivesse visto na capital durante a peste? Não fosse pelo meu desastroso entrevero com Giles McNaughton, provocado por insinuações maldosas referentes a minha mulher, é pouco provável que eu tivesse me atormentado com suspeitas tão sombrias a caminho de Ultima. Mas e se por acaso Beatrice e Marta tivessem fugido com Land enquanto eu viajava pelas Comunidades Independentes da província de Tierra Blanca? Parecia impossível, mas, como Joubert me dissera uma noite antes de eu partir, nada era impossível e eu devia saber disso melhor do que ninguém.

As rodas da carruagem giravam, e, até eu chegar aos arredores de Wallingham, exatamente a metade do trajeto, compreendi que me aproximava de um horror duplo. Se Land tivesse traído a Confederação, as instruções que eu recebera do ministro eram para lhe dar voz de prisão e transportá-lo de volta à capital acorrentado. Essa idéia já era tenebrosa o suficiente, mas, se meu amigo tivesse me traído roubando-me mulher e filha, então meu plano era matá-lo. Quanto a isso, eu não tinha a menor dúvida, fossem quais fossem as conseqüências. Que Deus me amaldiçoe por ter pensado uma coisa dessas, mas, pelo bem de Ernesto e pelo meu próprio bem, rezei para que Beatrice já tivesse morrido.

Blank joga o manuscrito sobre a escrivaninha, bufando de indignação e desprezo, furioso por ter sido impelido a ler uma história sem fim, um trabalho inconcluso que mal tinha começado, uma droga de um simples fragmento. Que porcaria, diz em voz alta, e, em seguida, girando cento e oitenta graus a cadeira, roda até a porta do banheiro. Está com sede. Como não há nenhuma garrafa à mão, a única solução é beber um copo de água da pia do banheiro. Levanta-se da cadeira, abre a porta e vai arrastando os pés para fazer exatamente isso, sem parar sequer um instante de se lamentar de ter perdido tanto tempo com aquele reles pretexto de história. Toma um copo de água, depois outro, pousando a mão esquerda na pia para se equilibrar, enquanto fita desconsolado as roupas sujas na banheira. Já que está ali, Blank se pergunta se não deveria tentar fazer mais um xixi, só por garantia. Preocupado com a possibilidade de cair de novo se ficar muito tempo em pé, solta a calça do pijama e senta na privada. Igualzinho a uma mulher, diz consigo, de repente achando divertido pensar como teria sido diferente a vida dele caso não houvesse nascido homem. Depois do contratempo recente, sua bexiga não tem muita coisa para apresentar, mas no fim ele consegue espremer uns poucos míseros esguichos. Ergue a calça do pijama enquanto se levanta, dá a descarga, enxágua as mãos na pia, seca essas mesmas mãos com uma toalha, depois se vira e abre a porta — e então vê um homem em pé no quarto. Outra oportunidade perdida, diz Blank consigo, percebendo que o barulho da descarga devia ter abafado o ruído que o estranho fizera ao entrar, e, com isso, continua em aberto a questão sobre se a porta está trancada pelo lado de fora ou não.

Blank senta-se na cadeira e dá uma meia-volta súbita para poder ver o recém-chegado, um homem alto, de trinta e tantos anos, vestido com uma calça jeans e uma camisa vermelha desabotoada no pescoço. Cabelos escuros, olhos escuros, e um rosto magro e anguloso que parece não sorrir há muito. Tão logo Blank faz essa observação mental, contudo, o homem sorri para ele e diz: Olá, senhor Blank. Como está se sentindo hoje?

Eu o conheço?, pergunta Blank.

Não olhou a foto?, responde o homem.

Que foto?

A fotografia na sua escrivaninha. A décima segunda, começando pelo topo da pilha. Lembra?

Ah, isso. Lembro. Acho que sim. Era para eu ter dado uma olhada nela, não é isso?

E?

Esqueci. Estava ocupado demais lendo aquela história imbecil.

Não tem problema, diz o homem, virando-se e indo até a escrivaninha, onde pega as fotografias e procura na pilha até encontrar a foto em questão. Em seguida, pondo as outras fotografias de volta na escrivaninha, vai até Blank e lhe entrega o retrato. Está vendo, senhor Blank? diz. Aí estou eu.

Então você deve ser o médico, diz Blank. Samuel... Samuel alguma coisa.

Farr.

Isso mesmo. Samuel Farr. Agora estou me lembrando. Você tem algo a ver com Anna, não tem?

Tive. Mas isso já faz muito tempo.

Segurando a foto firmemente com as duas mãos, Blank a suspende até que fique bem diante de seu rosto, depois estuda a imagem por uns bons vinte segundos. É Farr, com um aspecto muito semelhante ao que tem agora, sentado num jardim qualquer, de jaleco branco, com um cigarro queimando entre o indicador e o dedo médio da mão esquerda.

Não entendo, diz Blank, tomado de repente por um novo

acesso de angústia, que queima seu peito como carvão em brasa e aperta seu estômago na forma de um punho.

Algo errado?, pergunta Farr. É bem parecido, o retrato, não acha?

É idêntico. Você pode estar com um ano ou dois a mais agora, mas o homem da foto é você, sem dúvida nenhuma.

E isso é um problema?

Não, mas é que você é tão jovem, diz Blank com voz trêmula, fazendo o possível para refrear as lágrimas que estão se formando em seus olhos. Anna também é jovem na foto. Mas ela me disse que a fotografia foi tirada há mais de trinta anos. Ela não é mais uma menina. O cabelo ficou grisalho, o marido morreu, e aos poucos o tempo a está transformando numa velha. Mas você não, Farr. Você esteve com ela. Você esteve naquele terrível país para onde a mandei, mas isso foi há mais de trinta anos, e você não mudou.

Farr hesita, obviamente sem saber ao certo como responder a Blank. Senta-se na beira da cama, espalma as mãos sobre os joelhos e olha para o chão, assumindo sem querer a mesma posição em que o velho foi encontrado no início deste relato. Segue-se um longo momento de silêncio. Por fim ele diz, em voz baixa: Não tenho permissão para falar sobre isso.

Blank olha para ele com uma expressão de horror. Quer dizer que você está morto, exclama. É isso, não é? Você não conseguiu sobreviver. Anna sim, mas você não.

Farr levanta a cabeça e sorri. Por acaso eu pareço morto, senhor Blank?, pergunta. Todos nós acabamos passando por maus bocados, claro, mas estou tão vivo quanto o senhor, acredite.

Bem, quem é que pode afirmar se estou vivo ou não?, diz Blank, encarando Farr com olhar sombrio. Talvez eu também esteja morto. A julgar pela manhã que passei, isso não me surpreenderia nem um pouco. Pois sim que isso é um *tratamento*. Deve ser uma outra palavra para morte.

O senhor não está lembrado agora, diz Farr, levantando-se da cama e tirando a fotografia das mãos de Blank, mas a idéia toda foi sua. Estamos apenas fazendo o que nos pediu que fizéssemos.

Conversa fiada. Eu quero falar com um advogado. Ele vai me tirar daqui. Tenho meus direitos, sabia?

Podemos providenciar isso, responde Farr, levando a fotografia de volta para a escrivaninha e tornando a colocá-la na pilha. Se o senhor quiser, peço a alguém que venha vê-lo esta tarde.

Ótimo, resmunga Blank, um tanto surpreso com os modos solícitos e prestativos de Farr. É assim que eu gosto.

Dando uma olhada em seu relógio, Farr volta da escrivaninha e, de novo, senta-se na beira da cama, de frente para Blank, que continua em sua cadeira, ao lado da porta do banheiro. Está ficando tarde, diz o rapaz. Temos de começar nossa conversa.

Conversa? Que tipo de conversa?

A consulta.

Entendo o significado da palavra, mas não faço idéia do que você quer dizer com ela.

A idéia é discutir a história.

Para quê? É apenas o começo de uma história, e, lá de onde eu venho, as histórias costumam ter começo, meio e fim.

Concordo em gênero, número e grau com o senhor.

Aliás, quem foi que escreveu aquela besteirada toda? O desgraçado devia ser fuzilado por isso.

Um homem chamado John Trause. Já ouviu falar dele?

Trause... Hum... Talvez. Ele escrevia romances, não é? Está tudo meio confuso agora, mas acho que devo ter lido alguma coisa dele.

Leu, sim. Pode ficar sossegado que leu.

Então por que não me deu um livro decente dele para ler — em vez de me dar uma bobagem dessas, uma história que pára na metade e nem título tem?

77

Trause terminou a história. O manuscrito tem ao todo cento e dez páginas, e ele escreveu isso no início dos anos 1950, quando estava apenas começando como romancista. O senhor pode não achar lá grande coisa, mas não é um trabalho ruim, para um rapaz de vinte e três ou vinte e quatro anos.

Não entendo. Por que não me deixar ler até o fim?

Porque isso faz parte do tratamento, senhor Blank. Nós não pusemos todos aqueles papéis em cima da escrivaninha apenas para entretê-lo. Eles estão ali por uma razão.

Como, por exemplo?

Testar seus reflexos, entre outras coisas.

Meus reflexos? O que meus reflexos têm a ver com isso?

Seus reflexos mentais. Seus reflexos emocionais.

E?

O que eu quero que faça é que me conte o resto da história. Começando do ponto onde terminou sua leitura, me diga o que acha que deveria acontecer em seguida, até o último parágrafo, a última palavra. O senhor já tem o começo. Agora quero que me dê o meio e o fim.

Que vem a ser isto, uma espécie de brincadeira de salão?

Se quiser chamar assim. Eu prefiro pensar nessa atividade como um exercício de raciocínio criativo.

Uma bela expressão, doutor. *Raciocínio criativo*. E desde quando a imaginação tem alguma coisa a ver com o raciocínio?

A partir de agora, senhor Blank. A partir do momento em que o senhor começar a me contar o resto da história.

Muito bem. Já que eu não tenho mesmo nada melhor para fazer, não é verdade?

Gostei de ver.

Blank fecha os olhos a fim de se concentrar na tarefa que lhe foi proposta, mas se isolar do quarto e dos objetos que o cercam tem o efeito perturbador de convocar a procissão de seres fictícios que já havia marchado por sua mente em fases anteriores da narrativa. Blank estremece com a visão pavorosa e, instantes depois, abre novamente os olhos para fazê-la desaparecer.

Algo errado?, pergunta Farr, com ar de preocupação.

Os malditos fantasmas, diz Blank. Eles voltaram de novo.

Fantasmas?

Minhas vítimas. Todas as pessoas que eu fiz sofrer ao longo dos anos. Estão atrás de mim agora, querendo vingança.

Então fique de olhos abertos, senhor Blank, que eles não vão mais aparecer. Temos de avançar com a história.

Certo, certo, diz Blank, soltando um longo suspiro de autocomiseração. Dê-me um minuto.

Por que não me diz o que acha da Confederação? Isso talvez o ajude a começar.

Confederação... Con-fe-de-ra-ção... É tudo muito simples, não é verdade? Apenas outro nome para Estados Unidos. Não os Estados Unidos conforme os conhecemos, e sim um país que se desenvolveu de outra forma, que tem outra história. Mas todas as árvores, todas as montanhas e todas as pradarias daquele país estão exatamente onde estão as nossas no nosso. Os rios e os oceanos são idênticos. Os homens andam sobre duas pernas, enxergam com dois olhos e tocam com duas mãos. Têm pensamentos dúbios e uma linguagem idem.

Ótimo. E o que acontece com Graf quando ele chega a Ultima?

Ele procura o coronel, munido da carta de Joubert, mas De Vega age como se tivesse acabado de receber um bilhete escrito por uma criança, uma vez que participa da conspiração organizada por Land. Graf ressalta que uma ordem de um funcionário do governo central tem de ser acatada, mas o coronel diz que trabalha para o Ministério da Guerra e que este lhe deu instruções rigorosas para cumprir à risca os Decretos de Não-Entrada. Graf menciona os rumores de que Land e cem soldados teriam entrado nos Territórios Estrangeiros, mas De Vega finge que não sabe nada a respeito do assunto. Graf então diz que não tem alternativa a não ser escrever para o Ministério da Guerra pedindo uma isenção para contornar os Decretos de Não-Entrada. Muito bem, diz De Vega, mas leva seis semanas para que uma carta vá até a capital e volte, e o que o senhor vai fazer nesse meio-tempo? Aproveitar para conhecer Ultima, responde Graf, e esperar pela chegada da resposta — sabendo perfeitamente que o coronel jamais deixará que a carta passe, que ela será interceptada assim que tentar enviá-la.

Por que De Vega participa da conspiração? Por tudo o que deu para perceber, ele parece ser um oficial leal.

Ele é leal. Assim como Ernesto Land e os cem soldados que operam nos Territórios Estrangeiros.

Não entendi.

A Confederação é um Estado frágil, recém-formado, composto de colônias e principados até então independentes, e, para manter essa tênue união, para manter os povos unidos, não há nada melhor que inventar um inimigo comum e iniciar uma guerra. Nesse caso, eles escolheram os primitivos. Land é um agente duplo, que foi enviado aos Territórios para fomentar a rebelião entre as tribos de lá. Não muito diferente daquilo que nós fizemos com os índios após a Guerra Civil. Ponha os nativos em pé de guerra e depois liquide com eles.

Mas como é que Graf sabe que De Vega também participa da conspiração?

Porque ele não fez um número suficiente de perguntas. Ele deveria ao menos ter fingido curiosidade. E ainda há o fato de que tanto ele como Land trabalham para o Ministério da Guerra. Joubert e sua turma do Bureau de Assuntos Internos ignoram por completo a existência de uma conspiração, claro, mas isso é perfeitamente normal. As agências do governo guardam segredo umas das outras o tempo todo.

E depois?

Joubert fornecera a Graf o nome de três homens, três espiões que trabalham para o Bureau, em Ultima. Um não sabe da existência do outro, mas, coletivamente, têm sido a fonte de onde Joubert tira suas informações sobre Land. Depois da conversa com o coronel, Graf sai à procura deles. No entanto, descobre que, um por um, foram todos despachados, como se diz por aí, para outros rincões. Vamos pensar em nomes para eles. É sempre mais interessante quando um personagem tem nome. O capitão... hum... O tenente-major Jacques Dupin fora transferido para um posto no alto das montanhas centrais dois meses antes. O doutor Carlos... Woburn... tinha deixado a cidade em junho para trabalhar como voluntário no norte após um surto de varíola. E Declan Bray, o barbeiro mais próspero de Ultima, morrera de intoxicação alimentar no início de agosto. Se é pura coincidência, ou proposital, é impossível saber, mas lá está o pobre Graf, totalmente isolado do Bureau, sem um único aliado ou confidente, completamente sozinho naquele canto sombrio e esquecido do planeta.

Muito bom. Os nomes deram um belo toque, senhor Blank.

Meu cérebro está a mil por hora. Ainda não tinha me sentido tão animado hoje.

Os velhos hábitos custam a desaparecer, suponho.

E o que significaria isso?

Nada. Apenas que o senhor está em ótima forma, começando a entrar nos eixos de novo. Que acontece em seguida?

Graf se deixa ficar em Ultima durante mais de um mês, tentando imaginar uma forma de cruzar a fronteira e entrar nos Territórios. Afinal de contas, ele não pode entrar lá a pé. Precisa de um cavalo, de um rifle, de mantimentos, talvez de uma mula também. Nesse meio-tempo, sem nada para ocupar seus dias, ele se vê arrastado para o seio da sociedade de Ultima — em que pesem suas deficiências, considerando-se que Ultima não passa de uma ínfima cidadezinha militar no meio do nada. De todas as pessoas, é o hipócrita do coronel De Vega quem mais faz questão de lhe mostrar amizade. Convida Graf para jantares festivos — longos e tediosos banquetes a que compareçem os oficiais de alta patente, funcionários municipais, membros da classe de mercadores, juntamente com as esposas, as amantes, e assim por diante —, carrega-o para os melhores bordéis e chega inclusive a levá-lo para caçar algumas vezes. E ainda há a amante do coronel... Carlotta... Carlotta Hauptmann... uma sensualista depravada, a proverbial viúva libidinosa, cujos principais divertimentos na vida são foder e jogar cartas. O coronel é casado, claro, é casado e tem dois filhos pequenos, e, como só pode visitar Carlotta uma ou duas vezes por semana, ela está livre para farras com outros homens. Não demora muito para que Graf comece um relacionamento com ela. Uma noite, ambos ainda deitados na cama, ele lhe pergunta a respeito de Land, e Carlotta confirma os rumores. Exato, diz ela, Land e seus homens cruzaram a fronteira e entraram nos Territórios pouco mais de um ano atrás. Por que ela lhe conta isso? Seus motivos não são muito claros. Talvez tenha se apaixonado por Graf e queira lhe prestar um favor, ou talvez o coronel a tenha obrigado a contar, por motivos próprios. Essa parte tem de ser tratada com cuidado. O leitor não pode jamais ter certeza se Carlotta está atraindo Graf para uma armadilha ou se ela apenas fala demais para seu próprio bem. Não esqueça que estamos em Ultima, o destacamento avançado mais lúgubre da Confederação, onde sexo, jogatina e fofoca são praticamente as únicas diversões disponíveis.

Como Graf consegue cruzar a fronteira?

Não sei ao certo. Talvez com algum tipo de suborno. Não importa muito, no fundo. O importante é que ele consegue passar, uma noite, e começa então a segunda parte da história. Estamos no deserto agora. O vazio por todo lado, um céu ferozmente azul, desferindo luz, e depois, quando o sol se põe, um frio de enregelar a medula dos ossos. Graf segue o rumo oeste por vários dias, montado num cavalo baio que atende pelo nome de Branquinho, assim chamado por causa de uma mancha branca entre os olhos do animal, e, como Graf conhece bem o terreno em virtude de sua estada ali doze anos antes, vai na direção dos Gangi, a tribo com quem ele melhor se relacionou durante as viagens anteriores e que, a seu ver, era a mais pacífica de todas as nações primitivas. Um dia, já manhã alta, chega finalmente a um pequeno povoado gangi, composto de umas quinze ou vinte tendas *hogan*, o que sugeria uma população de cerca de setenta a cem pessoas. Quando está aproximadamente a trinta metros do assentamento, grita um cumprimento no dialeto gangi local para assinalar sua chegada aos moradores — mas ninguém responde. Já um tanto alarmado, Graf apressa o passo do cavalo e trota até o centro do povoado, onde não se vê vivalma. Desmonta, caminha até uma *hogan* e afasta a pele de búfalo que serve de porta para a casinha. Logo que entra, é recebido pela fetidez impressionante da morte, pelo cheiro nauseabundo de corpos em decomposição, e ali, na penumbra da *hogan*, vê uma dúzia de mortos — homens, mulheres e crianças gangi —, todos fuzilados a sangue frio. Sai dali cambaleando, cobrindo o nariz com o lenço, e então, uma por uma, inspeciona todas as *hogans* do povoado. Estão todos mortos, não sobrou ninguém vivo, e entre os mortos Graf reconhece uma série de pessoas com quem havia feito amizade doze anos antes. Meninas que de lá para cá tinham virado moças, meninos que de lá para cá tinham virado rapazes, pais que de lá para cá tinham se tornado avós, e nenhum deles respirava mais, nenhum deles envelheceria mais um único dia pelo resto da eternidade.

Quem foi o responsável pelo massacre? Teriam sido Land e seus homens?

Paciência, doutor. Uma coisa como essa não pode ser apressada. Estamos falando de brutalidade e morte, do assassinato de inocentes, e Graf ainda está abalado com sua descoberta. Ele não tem condições, no momento, de absorver o que houve, mas, mesmo que tivesse, por que iria pensar que Land tinha algo a ver com aquilo tudo? Ele trabalha na pressuposição de que o velho amigo está tentando dar início a uma rebelião, formar um exército de primitivos para invadir as províncias ocidentais da Confederação. Um exército de homens mortos não luta lá muito bem, não é verdade? A última coisa que Graf poderia concluir é que Land houvesse matado seus próprios futuros soldados.

Desculpe. Não interrompo mais.

Interrompa quanto quiser. Estamos metidos numa história complicada aqui, e nem tudo é o que parece ser. Pegue os soldados de Land, por exemplo. Eles não têm a mínima idéia do que vem a ser sua missão verdadeira, não têm noção de que Land é um agente duplo que trabalha para o Ministério da Guerra. São um bando de sonhadores com muito estudo, radicais políticos contrários à Confederação, e, quando Land os alistou para acompanhá-lo até os Territórios Estrangeiros, eles acreditaram nas palavras dele e presumiram que iam ajudar os primitivos a anexar as províncias ocidentais.

E Graf chega a encontrar Land?

Ele tem de encontrá-lo. Caso contrário, não haveria história nenhuma para contar. Mas isso só acontece bem mais tarde, após várias semanas ou até meses na estrada. Cerca de dois dias depois de ter ido embora do povoado dos Gangi massacrados, ele topa com um dos homens de Land, um soldado desvairado, que cambaleia sem comida, sem água e sem montaria pelo deserto. Graf tenta ajudá-lo, mas já é tarde demais, e o rapaz sobrevive apenas mais algumas horas. Antes de entregar a alma, ele delira e, em meio a um fluxo incoerente de balbucios, conta a Graf que todos morreram, que eles nunca tiveram a menor chance, que tudo não passou de uma fraude desde o princípio. Graf tem dificuldade em acompanhar seus delírios. O que ele quer dizer com *todos*? Estaria falando de Land e seus soldados? Dos Gangi? De outras tribos das nações primitivas? O rapaz não responde e, antes que o sol se ponha, morre. Graf enterra o corpo e segue em frente, e, após um dia ou dois, chega a outro povoado gangi repleto de cadáveres. Ele já não sabe o que pensar. E se Land for o responsável por aquilo tudo, no fim das contas? E se por acaso o boato de insurreição for somente uma cortina para encobrir uma empreitada muito mais sinistra: um massacre silencioso dos primitivos, que permitiria ao governo abrir o território deles para assentamentos de brancos e expandir o alcance da Confederação até a costa do oceano ocidental? Porém, como é que uma coisa dessas poderia ser feita com tamanha parcimônia de homens? Cem soldados para dizimar dezenas de milhares de pessoas? Não parece algo possível, e, no entanto, se Land não tiver nada a ver com isso, a única outra explicação é que os Gangi foram mortos por outra tribo, que os primitivos estão em guerra entre si.

Blank está prestes a continuar, mas, antes que consiga tirar outra palavra da boca, ele e o médico são interrompidos por uma batida na porta. Por mais entretido que esteja na elaboração da história, por mais contente que esteja se sentindo em dar sua própria versão de eventos longínquos e imaginários, Blank compreende instantaneamente que este é o momento pelo qual vem esperando: o mistério da porta está para ser enfim solucionado. Assim que a batida é ouvida, Farr vira a cabeça na direção do ruído. Entre, diz, e como num passe de mágica a porta se abre, e entra uma mulher que empurra um carrinho de aço inoxidável, talvez o mesmo que Anna usou de manhã, talvez outro idêntico a ele. Ao menos dessa vez Blank prestou atenção e, até onde foi possível perceber, não escutou barulho nenhum de fechadura sendo aberta — nada que se assemelhasse ao som de ferrolho, chave ou tranca —, o que sugeria que a porta estava destrancada desde o início, destrancada o tempo inteiro. Ou pelo menos é o que Blank conclui, começando a se regozijar com a idéia de ser livre para ir e vir como bem entender, mas no momento seguinte ele compreende que é bastante provável que as coisas não sejam tão simples assim. Podia ser que o dr. Farr houvesse se esquecido de trancar a porta ao entrar. Ou, ainda mais provável, que não tivesse se dado ao trabalho de trancá-la porque sabia que não teria dificuldade em dominar Blank, se seu prisioneiro tentasse escapar. Sim, diz o velho consigo, essa é decerto a resposta correta. E, pessimista que só vendo quanto a suas perspectivas para o futuro, uma vez mais se conforma em viver num estado de incerteza constante.

Olá, Sam, diz a mulher. Desculpe ir entrando deste jeito, mas é que está na hora do almoço do senhor Blank.

Oi, Sophie, diz Farr, simultaneamente olhando para o relógio dele e levantando-se da cama. Não tinha percebido que era tão tarde.

Que está havendo?, pergunta Blank num tom de voz petulante, esmurrando o braço da cadeira. Quero continuar contando a história.

Nosso tempo acabou, diz Farr. A consulta está encerrada por hoje.

Mas eu ainda não terminei!, berra o velho. Ainda não cheguei ao fim!

Eu sei, responde Farr, mas estamos trabalhando com um horário apertado, aqui, e tem de ser assim. Continuamos com a história amanhã.

Amanhã?, ruge Blank, ao mesmo tempo incrédulo e confuso. Que história é essa de amanhã? Amanhã não vou me lembrar

86

sequer de uma palavra que eu disse hoje. Você sabe disso. Até eu sei disso, e olhe que eu não sei porcaria nenhuma.

Farr vai até Blank e lhe dá palmadinhas no ombro, um gesto clássico de apaziguamento para alguém treinado na sutil arte de se comportar com doentes. Está bem, diz, vou ver o que posso fazer. Antes tenho de obter uma autorização, mas, se o senhor quiser que eu volte no fim da tarde, é bem provável que eu consiga dar um jeito. Certo?

Certo, resmunga Blank, sentindo-se um pouco mais calmo, graças à doçura e à preocupação na voz de Farr.

Bem, então eu vou indo, anuncia o médico. Nós nos vemos mais tarde.

Sem dizer mais nada, acena um adeus a Blank e à mulher chamada Sophie, vai até a porta, abre-a, pisa na soleira e fecha a porta atrás de si. Blank ouve o clique de uma lingüeta, nada além disso. Nenhum estrondo de ferrolho, nenhum girar de chave, e agora ele se pergunta se por acaso não se trataria simplesmente de um daqueles dispositivos que trancam automaticamente a porta assim que esta é fechada.

Nesse tempo todo, a mulher chamada Sophie esteve ocupada empurrando o carrinho de aço inoxidável até encostá-lo na cama e transferindo os vários pratos do almoço de Blank da prateleira de baixo do carrinho para o tampo. Blank repara que há quatro pratos ao todo e que cada um deles está oculto por uma tampa redonda de metal, com um orifício no centro. Vendo essas tampas, de repente se lembra do serviço de quarto dos hotéis, o que por sua vez o leva a especular quantas noites teria passado em hotéis ao longo da vida. Tantas que não dá para contar, ouve uma voz dizer dentro dele, uma voz que não é sua, ao menos não uma voz que reconheça como sua, e, no entanto, por ela falar com tamanha autoridade e convicção, Blank admite que deve estar falando a verdade. Se for esse o caso, pensa, então ele viajou um bocado, movendo-se de um lugar a outro em carros, trens e aviões, e, sim, diz ainda consigo, os aviões o levaram a cruzar o mundo inteiro, o levaram a muitos países em diversos continentes, e sem dúvida essas viagens tiveram algo a ver com as missões em que enviava as pessoas, as pobres pessoas que sofreram tanto por causa dele, e é esse o motivo, sem dúvida, de estar confinado nesse quarto agora, sem permissão de viajar para parte alguma, metido entre essas quatro paredes, porque está sendo punido pelos graves danos que infligiu a outros.

Esse devaneio fugaz é interrompido em pleno vôo pelo som da voz da mulher. Está pronto para almoçar?, pergunta ela, e Blank, ao erguer a cabeça para dar uma olhada nela, percebe que já não se lembra do seu nome. A mulher deve estar beirando os cinqüenta anos, ou quem sabe já tenha uns cinqüenta e poucos, e, embora ele ache seu rosto ao mesmo tempo delicado e atraente, o corpo é muito largo e atarracado para que ela possa ser classificada como mulher ideal. Só para constar, vale ressaltar que as roupas dela são idênticas às que Anna usava pela manhã.

Onde está minha Anna?, pergunta Blank. Pensei que fosse ela quem cuidasse de mim.

É ela, sim, diz a mulher. Mas Anna teve um probleminha de última hora e me pediu que a substituísse.

Isso é terrível, diz Blank, num tom choroso. Nada contra você, claro, não importa quem seja, mas estive esperando horas a fio para vê-la de novo. Aquela mulher é tudo para mim. Não posso viver sem ela.

Eu sei disso, diz a mulher. Todos nós sabemos disso. Mas — e aqui ela lhe dá um sorrisinho amistoso — que eu posso fazer? Infelizmente, vai ter de se contentar comigo.

Que desgraça, suspira Blank. Tenho certeza de que suas intenções são boas, mas não vou fingir que não estou desapontado.

Não precisa fingir. O senhor tem o direito de sentir o que sente, senhor Blank. Não é culpa sua.

Já que vou ter de me contentar com você, como você mesma disse, imagino que seria bom me dizer quem é.

Sophie.

Ah. Isso mesmo. Sophie... Um nome muito bonito. E começa com a letra S, não é verdade?

Tudo indica que sim.

Tente lembrar, Sophie. Você não é aquela menina que eu beijei na beira do lago quando eu tinha dez anos de idade? Nós havíamos acabado de patinar no gelo, e nos sentamos num toco de árvore, e eu a beijei. Infelizmente, você não correspondeu ao beijo. Você riu.

Não podia ser eu. Quando o senhor tinha dez anos, eu ainda não tinha nem nascido.

Eu sou assim tão velho?

Não velho, exatamente. Mas bem mais velho que eu.

Muito bem. Se você não é aquela Sophie, que Sophie é você?

Em vez de responder, a Sophie que não era a menina que Blank beijou quando tinha dez anos vai até a escrivaninha, pega uma das fotografias da pilha e segura-a no alto. Esta sou eu, diz. Como eu era há uns vinte e cinco anos.

Chegue mais perto, diz Blank. Você está muito longe.

Alguns segundos depois, Blank segura a foto. E vê então que se trata da fotografia sobre a qual ele se demorara tanto e que examinara com tanta atenção um pouco mais cedo — a foto da jovem que acabou de abrir a porta do que parece ser um apartamento de Nova York.

Você era bem mais magra na época, diz.

A meia-idade, senhor Blank. Ela tem o hábito de fazer coisas engraçadas com a silhueta das moças.

Diga-me, e Blank bate na foto com o indicador. O que está acontecendo aqui? Quem é a pessoa no hall, e por que você está com essa cara? Apreensiva, por algum motivo, mas ao mesmo tempo contente? Caso contrário, não estaria sorrindo.

Sophie se agacha ao lado de Blank, que continua sentado na cadeira, e em silêncio examina a foto durante um bom momento. É meu segundo marido, diz, e acho que é a segunda vez que ele apareceu para me ver. Na primeira, eu estava segurando meu bebê no colo quando abri a porta, me lembro nitidamente disso — de modo que essa deve ter sido a segunda vez.

E por que tão apreensiva?

Porque eu não sabia ao certo o que ele sentia por mim.

E o sorriso?

Estou sorrindo porque estou feliz de vê-lo.

Seu segundo marido, você disse. E o que houve com o primeiro? Quem era ele?

Um homem chamado Fanshawe.

Fanshawe... Fanshawe..., resmunga Blank consigo. Acho que finalmente estamos chegando a algum lugar.

Com Sophie ainda agachada a seu lado, e com a fotografia em preto-e-branco dela mais jovem ainda no colo, Blank de repente impele a cadeira para a frente e vai o mais rápido que pode na direção da escrivaninha. Assim que chega lá, joga a foto de Sophie em cima do retrato de Anna, pega o bloquinho e o abre na primeira página. Corre o dedo pela lista de nomes, pára quando encontra o de Fanshawe e depois gira a cadeira a fim de encarar Sophie, que já se pôs de pé de novo e está indo devagar até ele.

Ah-ah, diz Blank, batendo com o dedo no bloco. Eu sabia. Fanshawe está implicado em tudo isto, não é verdade?

Não sei do que está falando, diz Sophie, parando no pé da cama e, em seguida, sentando-se mais ou menos no mesmo lugar antes ocupado por James P. Flood. Claro que ele está implicado. Todos nós estamos implicados nisto, senhor Blank. Pensei que o senhor tivesse entendido.

Confuso com a resposta dela, o velho ainda assim luta para se manter na sua linha de pensamento. Alguma vez ouviu falar num sujeito chamado Flood? James P. Flood. Um inglês. Ex-policial. Fala com um sotaque *cockney*.

O senhor não prefere almoçar agora?, pergunta Sophie. A comida está esfriando.

Daqui a um minuto, retruca Blank com grosseria, irritado porque ela mudou de assunto. Só me dê um minuto. Antes de falarmos sobre comer, quero que me conte tudo o que sabe sobre Flood.

Eu não sei nada. Ouvi dizer que ele andou por aqui hoje pela manhã, mas nunca o vi na vida.

Mas seu marido... seu primeiro marido, digo... esse Fanshawe... Ele escrevia livros, não é isso? Num desses livros, um chamado... droga... não consigo lembrar o título. *Nunca...* alguma coisa *Nunca...*

*Terra do Nunca.*

Isso mesmo. *Terra do Nunca.* Ele usou Flood como um dos personagens do livro, e no capítulo... capítulo 30, se não me engano, ou talvez tenha sido no capítulo 7, Flood tem um sonho.

Não me lembro, senhor Blank.

Está dizendo que não leu o romance do seu marido?

Não, eu li o livro. Mas isso foi há tanto tempo, e eu nunca mais peguei nele. O senhor talvez não consiga entender, mas, em nome da minha própria paz de espírito, tomei a decisão consciente de nunca mais pensar em Fanshawe e no trabalho dele.

Por que o casamento terminou? Ele morreu? Vocês se divorciaram?

Eu me casei com ele quando ainda era muito jovem. Nós vivemos juntos por alguns anos, eu engravidei, e ele desapareceu.

Aconteceu alguma coisa, ou ele a deixou de propósito?

De propósito.

O sujeito devia ser louco. Abandonar uma jovem tão linda como você.

Fanshawe era uma pessoa muito perturbada. Tinha tantas qualidades boas, tantas coisas ótimas dentro dele, mas, no fundo, queria se destruir, e acabou conseguindo. Virou-se contra mim, virou-se contra o trabalho, depois largou a vida que levava e sumiu do mapa.

Contra o trabalho. Quer dizer que ele parou de escrever?

Parou. Desistiu de tudo. Ele tinha um talento enorme, senhor Blank, mas acabou desprezando esse seu lado, e um belo dia simplesmente parou, largou tudo.

Foi culpa minha, não foi?

Eu não diria que foi, exatamente, culpa sua. O senhor teve um papel na história, claro, mas estava apenas fazendo aquilo que tinha de fazer.

Você deve me odiar.

Não, eu não odeio o senhor. Passei um mau bocado por uns tempos, mas no fim acabou dando tudo certo. Eu me casei de novo, não se esqueça, e tem sido um bom casamento, um longo e bom casamento. E há também meus dois garotos, Ben e Paul. Eles já estão adultos. Ben é médico, e Paul está estudando antropologia. Nada mau, é o que digo a mim mesma. Espero que um dia o senhor possa conhecê-los. Acho que vai ficar orgulhoso.


Agora Sophie e Blank estão sentados lado a lado na cama, de frente para o carrinho de aço inoxidável com os vários pratos do almoço de Blank dispostos no tampo, cada prato coberto por uma tampa redonda de metal, com um orifício no centro. Blank está com fome e ansioso para começar, mas, antes que tenha permissão para tocar num bocado que seja de comida, Sophie lhe diz que primeiro ele tem de tomar os comprimidos da tarde. Apesar do entendimento surgido entre os dois nos últimos minutos, e apesar do prazer que Blank sente em estar assim perto do corpo quente e amplo de Sophie, ele torce o nariz para essa exigência e se recusa a engolir a medicação. Ao passo que os comprimidos que havia tomado pela manhã eram verde, roxo e branco, os que agora o aguardam no tampo do carrinho de aço inoxidável são cor-de-rosa, vermelho e laranja. Sophie explica que, de fato, são comprimidos diferentes, destinados a produzir efeitos diferentes dos produzidos pelos que ele ingeriu mais cedo, e que o tratamento não dará certo a menos que tome esses em associação com os outros. Blank entende a explanação, mas isso de forma alguma o convence a mudar de idéia, e, enquanto Sophie pega o primeiro comprimido entre o polegar e o dedo médio e tenta ministrá-lo, Blank balança a cabeça teimosamente.

Por favor, implora-lhe Sophie. Sei que o senhor está com fome, mas de um jeito ou de outro vai ter de engolir estes comprimidos antes que pegue uma garfada de comida.

Foda-se a comida, diz Blank, com amargura na voz.

Sophie suspira, exasperada. Escute aqui, meu velho, diz, só estou querendo ajudá-lo. Eu sou uma das poucas pessoas por aqui que está do seu lado, mas, se o senhor não cooperar, sei de pelo menos uma dúzia de homens que ficariam muito contentes em vir até aqui e enfiar esses comprimidos à força na sua goela.

Certo, diz Blank, começando a ceder um pouco. Mas só sob uma condição.

Condição? Que história é essa?

Eu engulo os comprimidos. Mas antes você tem de tirar a roupa e me deixar passar a mão no seu corpo.

Sophie acha a proposta tão ridiculamente absurda, que tem um acesso de riso — sem se dar conta de que foi exatamente assim que a outra Sophie reagiu em circunstâncias semelhantes, muitos e muitos anos atrás, à beira do lago congelado da juventude de

Blank. E depois, além de magoá-lo, ela o insulta ao pronunciar as palavras fatais: *Não seja bobo.*

Ah, diz Blank, inclinando o corpo para trás como se alguém tivesse acabado de esbofeteá-lo. Ah, geme. Diga o que quiser, mulher. Mas não isso. Por favor. Isso não. Diga qualquer coisa menos isso.

Em poucos segundos, os olhos de Blank estão marejados, e, antes que ele tenha noção do que está acontecendo, as lágrimas escorrem por seu rosto e o velho chora de verdade.

Sinto muito, diz Sophie. Não tive intenção de ferir seus sentimentos.

Que há de tão errado em querer olhar para você?, pergunta Blank, engasgado com os soluços. Você tem seios tão lindos. Só queria olhar para eles e tocar neles. Queria pôr minhas mãos na sua pele, passar os dedos pelo seu púbis. Que há de tão terrível nisso? Não vou machucá-la. Só queria um pouco de ternura, mais nada. Depois de tudo o que já fizeram comigo neste lugar, será que é pedir demais?

Bem, diz Sophie, pensativa, sem dúvida sentindo uma certa compaixão diante da sorte de Blank, talvez possamos chegar a um meio-termo.

Como, por exemplo?, pergunta Blank, enquanto enxuga as lágrimas com o dorso da mão.

Como, por exemplo... Como, por exemplo, o senhor toma os comprimidos, e, cada vez que engolir um, eu o deixo tocar nos meus seios.

Nus?

Não. Prefiro ficar de blusa.

Assim eu não quero.

Muito bem. Eu tiro a blusa. Mas o sutiã fica onde está. Entendido?

Não é bem o paraíso, mas acho que vou ter de aceitar.

E dessa forma o assunto se resolve. Sophie tira a blusa, e, tão logo o faz, Blank se reanima ao ver que o sutiã que ela usa é do tipo transparente, rendado, e não uma daquelas peças insípidas que usam as matronas e as mulheres que já jogaram a toalha para o amor físico. As metades superiores dos seios redondos e fartos de Sophie estão à mostra, e, mesmo mais para baixo, o tecido do sutiã é tão fininho que permite uma clara visão dos bicos empinados. Não é bem o paraíso, Blank repete consigo, enquanto ingere o primeiro comprimido com um gole de água, mas assim mesmo é ·bastante prazeroso. E lá vão suas mãos para cima deles — a mão esquerda no seio direito, a mão direita no seio esquerdo —, e, enquanto saboreia o volume e a maciez dos peitos meio caídos mas nobres de Sophie, ele se anima um pouco mais ao ver que ela sorri. Não de prazer, talvez, mas ao menos por achar divertido, demonstrando assim que não lhe quer mal e está levando a aventura numa boa.

O senhor é um velho devasso, senhor Blank, diz ela.

Eu sei, responde ele. Mas também fui um jovem devasso.

Eles repetem a operação mais duas vezes — o engolir do comprimido seguido por outro encontro delicioso com os seios —, depois Sophie torna a vestir a blusa, e chega a hora do almoço.

Infelizmente, as reiteradas carícias na carne desejável de uma mulher engendraram uma mudança previsível na carne do próprio acariciador. O velho amigo de Blank entra de novo em ação, e, como nosso herói não está mais usando a calça e a cueca de algodão, e se encontra nu debaixo da calça do pijama, não há barreira nenhuma que impeça o Maioral de sair pela braguilha e botar a cabeça para fora em plena luz do dia. Isso acontece no exato momento em que Sophie se inclina para a frente, a fim de começar a tirar as tampas de metal dos pratos, e, ao se curvar para guardar as tampas na prateleira de baixo do carrinho, ela está com os olhos a poucos centímetros do réu infrator.

Olha só isso, diz Sophie, dirigindo suas palavras ao pênis ereto de Blank. Seu dono espreme meus peitos algumas vezes, e agora é você que está pronto para agir. Pode tirar o cavalo da chuva, amigo. A brincadeira acabou.

Sinto muito, diz Blank, dessa vez realmente constrangido com seu comportamento. Ele meio que apareceu por vontade própria. Eu não esperava por isso.

Não precisa se desculpar, retruca Sophie. Só guarde esse troço de volta na calça, e vamos ao que interessa.

O que interessa, no caso, é o almoço de Blank, composto de uma pequena tigela de sopa morna de legumes, um sanduíche quente com pão branco, uma salada de tomates e um copinho de gelatina vermelha. Não vamos fazer um relato exaustivo do consumo dessa refeição, mas um acontecimento merece ser mencionado. Como ocorreu depois que Blank tomou os comprimidos pela manhã, suas mãos começam a tremer descontroladamente assim que ele tenta comer. Pode ser que aqueles fossem comprimidos diferentes, destinados a propósitos diferentes e revestidos de cores diferentes, mas, quanto à questão do tremor das mãos, o efeito é idêntico. Blank começa a refeição pela sopa. Como já deve ter dado para imaginar, o trajeto inaugural da colher, ao partir da tigela em direção à boca de Blank, é complicado, e nem uma só gota chega ao destino pretendido. Sem que ele tenha tido a mínima culpa, todo o conteúdo da colher despenca sobre a camisa branca de Blank.

Santo Deus, diz ele. Eu fiz isso de novo.

Antes que a refeição possa continuar, ou, mais precisamente, antes que a refeição possa começar, Blank é obrigado a tirar a camisa, que é a última peça branca de roupa que tem no corpo, e substituí-la pelo paletó do pijama, voltando assim aos mesmos trajes com que foi encontrado no início deste relato. Esse é um momento triste para Blank, porque agora não resta um único vestígio sequer dos delicados e meticulosos esforços de Anna para vesti-lo e prepará-lo para o dia. Ainda pior, ele agora renegou por completo sua promessa de usar branco.

Como Anna fizera antes dela, Sophie agora se incumbe de dar de comer a Blank. Embora ela não seja nem menos bondosa nem menos paciente que Anna, Blank não ama Sophie da mesma forma que ama Anna e, portanto, fixa os olhos num ponto qualquer da parede em frente, mirando por cima do ombro esquerdo dela; e, enquanto os vários garfos e colheres são levados até sua boca, finge que é Anna quem está sentada ao lado dele, e não Sophie.

Você conhece bem Anna?, pergunta.

Eu a conheci faz poucos dias apenas, responde Sophie, mas já tivemos umas três ou quatro conversas bem demoradas. Somos muito diferentes, em quase todos os aspectos, mas concordamos no que diz respeito a coisas que contam de fato.

Como o quê?

O senhor, entre outras coisas, senhor Blank.

Foi por isso que ela lhe pediu que viesse no lugar dela agora?

Acho que sim.

Tive um dia pavoroso até o momento, mas encontrá-la de novo me fez um bem danado. Não sei o que eu faria sem ela.

Ela sente a mesma coisa a seu respeito.

Anna... Mas Anna do quê? Passei horas tentando me lembrar do sobrenome dela. Acho que começa com B, mas não consigo ir além disso.

Blume. O nome dela é Anna Blume.

Claro!, exclama Blank, dando uma palmada na testa com a mão esquerda. Que diabo está acontecendo comigo? Conheço esse nome desde sempre. Anna Blume. Anna Blume. Anna Blume...

Agora Sophie se foi. O carrinho de aço inoxidável se foi, a camisa branca suja de sopa se foi, as roupas molhadas e sujas que estavam na banheira se foram, e, de novo, depois de fazer um xixi sem maiores percalços no banheiro com a ajuda de Sophie, Blank está sozinho, sentado na beira da cama estreita, mãos espalmadas sobre os joelhos, cabeça baixa, olhando fixo para o chão. Reflete sobre os detalhes da recente visita de Sophie, castigando-se por não ter lhe feito nenhuma pergunta a respeito das coisas que mais o preocupam. Onde ele está, por exemplo. Se tem permissão para caminhar no parque sem supervisão. Onde fica o armário, se é que de fato existe um armário, e por que ele não foi capaz de encontrá-lo. Sem falar no eterno enigma da porta — se está trancada pelo lado de fora ou não. Por que teria hesitado em se abrir com Sophie, ele se pergunta, uma pessoa antes de mais nada compassiva, que não nutre nenhum ressentimento contra ele? Seria apenas uma questão de medo, ele se pergunta, ou teria algo a ver com o tratamento, o daninho e debilitante tratamento que aos poucos lhe roubara a capacidade de ficar em pé por si mesmo e lutar suas próprias batalhas?

Sem saber o que pensar, Blank dá de ombros, estapeia os joelhos e levanta-se da cama. Vários segundos depois, está sentado à escrivaninha, com a esferográfica na mão direita, o bloquinho na sua frente, aberto na primeira página. Procura na lista o nome de Anna, encontra-o na segunda linha, logo abaixo de James P. Flood, e escreve as letras B-l-u-m-e, mudando assim o nome de *Anna* para *Anna Blume*. E então, como todas as linhas da primeira página foram preenchidas, vira a página e acrescenta mais dois nomes à lista:

John Trause
Sophie

Quando fecha o bloco, Blank espanta-se ao se dar conta de que o nome de Trause lhe veio sem o menor esforço. Depois de tantas lutas, de tantos fracassos para se lembrar de nomes, rostos e acontecimentos, ele considera isso um triunfo de primeira ordem. Balança-se para a frente e para trás na cadeira para comemorar o feito, perguntando-se se os comprimidos da tarde não teriam ajudado, de algum modo, a combater a perda de memória das horas anteriores, ou se foi apenas um golpe de sorte, uma daquelas coisas inesperadas, que acontecem conosco de vez em quando sem motivo aparente. Fosse qual fosse a causa, ele resolve continuar pensando na história agora, antecipando-se à visita do médico no final da tarde, uma vez que Farr lhe disse que faria tudo o que estivesse a seu alcance para deixá-lo continuar a contar a história até o fim — não amanhã, quando Blank terá sem dúvida esquecido o grosso do que narrou até o momento, e sim hoje. Enquanto o velho continua indo para trás e para a frente na cadeira, no entanto, seus olhos pousam na tira de esparadrapo grudada no tampo da escrivaninha. Ele já olhou para essa tira branca no mínimo umas cinqüenta ou cem vezes no decorrer do dia, e, cada vez que o fez, na tira estava escrita, com toda a nitidez, a palavra ESCRIVANINHA. Agora, para seu assombro, Blank vê que lá está anotada a palavra LUMINÁRIA. A reação inicial é achar que seus olhos o enganaram de alguma forma, assim ele pára de se balançar para a frente e para trás a fim de dar uma olhada mais de perto. Debruça-se para a frente, baixa a cabeça até que o nariz praticamente encoste no esparadrapo, e, com todo o cuidado, examina a palavra. Para seu imenso desconsolo, descobre que lá continua escrito LUMINÁRIA.

Com uma sensação crescente de alarme, Blank salta da cadeira e começa a arrastar os pés pelo quarto, parando em cada tira de esparadrapo colada num objeto a fim de descobrir se alguma outra palavra foi alterada. Depois de uma investigação minuciosa, descobre horrorizado que nenhuma das etiquetas ocupa seu antigo lugar. Na parede agora se lê CADEIRA. Na luminária agora se lê BANHEIRO. Na cadeira agora se lê ESCRIVANINHA. Várias explicações possíveis chamejam na mente de Blank de uma só vez. Ele sofreu um derrame ou algum tipo de dano no cérebro; perdeu a capacidade de ler; alguém pregou uma peça e tanto nele. Mas, se está sendo vítima de uma brincadeira de mau gosto, ele se pergunta, quem pode ser o responsável por isso? Várias pessoas estiveram no quarto nas últimas horas: Anna, Flood, Farr e Sophie. Ele acha inconcebível que qualquer uma das duas mulheres tenha feito uma coisa dessas com ele. É verdade, porém, que estava com a cabeça em outra parte quando Flood entrou, e também é verdade que estava no banheiro, dando a descarga, quando Farr entrou, mas não consegue imaginar como qualquer um daqueles dois homens poderia executar uma operação tão complexa de troca de etiquetas no curto período de tempo em que não estiveram em seu campo de visão — vários segundos no máximo, ou seja, tempo reduzidíssimo. Blank sabe que não está no auge da forma, que sua mente não funciona tão bem quanto deveria, mas sabe também que não está pior agora do que estava quando o dia começou, o que liquida com a teoria do derrame, e, se tivesse perdido a capacidade de ler, como é que poderia ter feito os dois recentes acréscimos a sua lista de nomes? Senta na beira da cama estreita e se pergunta se por acaso não teria cochilado alguns minutos depois que Sophie saiu do quarto. Não se lembra de ter adormecido, mas no fim essa é a única explicação que faz sentido. Uma quinta pessoa entrou no quarto, alguém que não era nem Anna nem Flood nem Farr nem Sophie, e trocou as etiquetas durante o breve e agora esquecido mergulho de Blank no olvido.

Há um inimigo rondando por aí, diz Blank consigo, talvez vários ou então um grupo trabalhando em conjunto, e com o único intuito de atemorizá-lo, desorientá-lo, fazê-lo pensar que está perdendo a cabeça, como se estivessem tentando convencê-lo de que os seres ilusórios alojados na mente dele se transformaram em aparições vivas, almas desencarnadas recrutadas para invadir seu quartinho e causar o máximo de estrago possível. Blank, contudo, é um homem de método e se ofende com as intrigas pueris de seus captores. Graças à longa experiência que teve, sabe dar valor à precisão e à clareza em todas as coisas, e, na época em que enviava seus pupilos em diversas missões pelo mundo inteiro, sempre tomou um cuidado infinito para escrever os relatórios sobre as atividades deles numa linguagem que não traísse a verdade daquilo que viram, pensaram e sentiram em cada etapa do caminho. Portanto, nada dessa história de chamar uma cadeira de escrivaninha ou uma escrivaninha de luminária. Entregar-se a um capricho tão infantil quanto esse é lançar o mundo no caos, é tornar a vida intolerável para todos exceto para os loucos. Blank não chegou ao ponto de não conseguir identificar objetos que não tenham seus nomes grudados neles, mas não resta dúvida de que se acha em declínio e sabe que pode chegar o dia, talvez em breve, talvez amanhã até, em que seu cérebro vai se deteriorar ainda mais e se tornará necessário haver o nome da coisa na coisa para que ele a reconheça. Por esse motivo resolve reverter os danos causados pelo inimigo oculto e devolver cada uma das etiquetas trocadas a seu lugar apropriado.

O serviço demora mais a ser feito do que ele imagina, porque logo Blank descobre que as tiras de esparadrapo em que as palavras foram escritas são dotadas de poderes quase sobrenaturais de adesão, e descolar uma delas da superfície à qual foi grudada requer concentração e esforço ilimitados. Blank começa usando a unha do polegar para soltar a primeira tira (a palavra PAREDE, que acabou indo parar na tábua de carvalho nos pés da cama), mas tão logo consegue enfiar a unha debaixo do canto inferior direito do esparadrapo, arranca uma lasca da unha. Tenta de novo com a unha do dedo médio, que é um pouco mais curta e, portanto, menos sujeita a quebras, e com toda a diligência trabalha o teimoso canto direito, até que uma porção suficiente do esparadrapo se desgruda da cama, permitindo então que Blank segure uma pontinha entre o polegar e o dedo médio, puxe a tira com delicadeza para que não se rasgue e a retire inteira da tábua de carvalho. Um momento satisfatório, sim, mas que exigiu uns bons dois minutos de trabalho árduo. Considerando-se que há doze tiras de esparadrapo no total para ser retiradas, e considerando-se que Blank quebra outras três unhas no processo (diminuindo assim para seis o número de dedos utilizáveis), o leitor há de entender por que leva mais de meia hora para ele concluir o serviço.

Essas atividades extenuantes consomem Blank, e, em vez de parar e olhar em volta do quarto para admirar seu trabalho (que, por menor e mais insignificante que possa parecer, representa para ele quase que um feito simbólico, que restitui harmonia a um universo estilhaçado), ele arrasta os pés até o banheiro para passar uma água no rosto e tirar o suor. A antiga tontura voltou, e ele se agarra à pia com a mão esquerda e espirra água em si mesmo com a direita. Ao fechar a torneira e começar a estender a mão para pegar a toalha, percebe que está se sentindo pior, pior do que se sentiu em qualquer outro momento do dia. O problema parece estar localizado em algum lugar do estômago, mas, antes que ele consiga pronunciar a palavra *estômago* para si mesmo, o desconforto lhe sobe pela traquéia, acompanhado por um desagradável formigamento nos maxilares. Instintivamente, agarra-se à pia com as duas mãos e baixa a cabeça, preparando-se para o ataque de náusea que inexplicavelmente o assaltou. Luta contra isso por um segundo ou dois, rezando para ser capaz de repelir a explosão que está por vir, mas a causa já foi perdida, e, um instante depois, ele vomita na pia. Eles me envenenaram!, grita Blank, assim que o violento ataque de náusea termina. Os monstros me envenenaram!

Quando a ação retorna, Blank está estendido na cama, olhando para o teto branco recém-pintado. Agora que as toxinas assassinas foram expelidas do seu sistema, ele se sente drenado de toda energia, semimorto depois do acesso selvagem de vômito, ânsias e choro que ocorreu no banheiro poucos minutos atrás. No entanto, se é que uma coisa assim é possível, ele também se sente melhor, mais tranqüilo no âmago de seu ser debilitado, mais preparado para enfrentar as provações que sem dúvida o esperam mais adiante.

Como Blank continua examinando o teto, aos poucos aquela brancura evoca uma imagem nele, e, em vez de olhar para o teto, ele se imagina fitando uma folha em branco. Por que isso, ele não sabe dizer, mas talvez tenha alguma relação com as dimensões do teto, que é retilíneo mas não quadrado, o que significa que o quarto também é retilíneo mas não quadrado, e, embora o teto seja muito maior que uma folha de papel, suas proporções são mais ou menos parecidas com as de uma folha-padrão de duzentos e dezesseis por duzentos e noventa e sete milímetros. Enquanto Blank segue nessa trilha de pensamento, alguma coisa se mexe dentro dele, alguma lembrança distante que ele não consegue fixar na mente, que se desfaz sempre que ele chega um pouco mais perto, mas, através das trevas que o impedem de ver com clareza a coisa na sua cabeça, ele consegue divisar vagamente os contornos de um homem, um homem que sem sombra de dúvida é ele mesmo, sentado a uma escrivaninha e colocando uma folha de papel numa antiga máquina de escrever manual. É provavelmente um dos relatórios, diz em voz alta, falando em tom suave, e então Blank se pergunta quantas vezes não teria repetido aquele gesto, quantas vezes no decorrer dos anos, compreendendo agora que teriam sido milhares de vezes, milhares e milhares de vezes, não menos que isso, mais folhas de papel do que um homem conseguiria contar num dia, numa semana ou mesmo num mês.

Lembrando-se da máquina de escrever, recorda-se do manuscrito que leu pouco antes, e, agora que quase se recuperou do irritante serviço de desgrudar as tiras de esparadrapo e devolvê-las a seus devidos lugares no quarto, agora que a batalha que irrompeu de forma tão violenta no estômago dele foi apaziguada, Blank lembra que planejava continuar com a história, mapear a narrativa até sua conclusão, a fim de se preparar para a visita suplementar do médico no final daquela tarde. Ainda estendido na cama, de olhos abertos, pondera por uns instantes se deve prosseguir em silêncio, ou seja, se deve contar a história para si mesmo, mentalmente, ou se não seria melhor continuar improvisando os acontecimentos em voz alta, ainda que não haja ninguém no quarto para acompanhar o que ele diz. Por estar se sentindo especialmente sozinho agora, um tanto esmagado pelo peso da solidão forçada, decide fingir que o médico está no quarto com ele e agir como antes, ou seja, contar a história em voz alta em vez de apenas pensá-la na cabeça.

Então vamos lá, em frente, marche, diz. A Confederação. Sigmund Graf. Os Territórios Estrangeiros. Ernesto Land. Que ano seria nesse lugar imaginário? Por volta de 1830, suponho. Sem trens, sem telégrafo. Viaja-se a cavalo e pode-se ter de esperar até três semanas pela chegada de uma carta. Um lugar muito parecido com os Estados Unidos, mas não idêntico. Sem escravos negros, por exemplo, ao menos nenhum que tenha sido mencionado no texto. Mas com uma maior variedade étnica do que aqui, para aquele momento da história. Nomes alemães, nomes franceses, nomes ingleses, nomes espanhóis. Muito bem, onde foi que paramos? Graf está nos Territórios Estrangeiros à procura de

Land, que pode ser um agente duplo ou não, que pode ter fugido com a mulher e a filha de Graf ou não. Voltemos um pouco no tempo. Acho que avancei depressa demais antes, tirei muitas conclusões apressadas. Segundo Joubert, Land é um traidor da Confederação, um homem que organizou seu próprio exército particular para ajudar a liderar os primitivos numa invasão das províncias ocidentais. Aliás, eu detesto essa palavra. Primitivos. É chocha demais, grosseira demais, não tem estilo. Vamos tentar pensar em alguma coisa mais pitoresca.

Hum... Não sei bem... Talvez algo como... Povo dos Espíritos. Não. Não presta. Os Dolmen. Os Olmen. Os Tolmen. Horrível. Que está havendo comigo? Os Djiin. Isso mesmo. Os Djiin. Soa mais ou menos como Injun, mas há outras conotações também. Muito bem, os Djiin. Joubert acha que Land está nos Territórios Estrangeiros para liderar os Djiin num ataque às províncias ocidentais. Graf, no entanto, acha que a situação é mais complicada que isso. Por quê? Primeiro porque acredita que Land é leal à Confederação. Depois, como é que Land poderia ter atravessado a fronteira na companhia de cem homens sem o conhecimento do coronel De Vega? De Vega diz que não sabe nada a respeito disso, mas Carlotta contou a Graf que Land entrou nos Territórios mais de um ano atrás, e, a menos que ela esteja mentindo, De Vega participa da conspiração. Ou então — e isso é algo em que não pensei antes — Land subornou De Vega com uma bela bolada, e o coronel não está envolvido. Mas isso não tem nada a ver com Graf, que jamais suspeita da possibilidade de um suborno. Segundo seu raciocínio, Land, De Vega e todo o contingente militar estão planejando desencadear uma falsa guerra contra os Djiin, com o objetivo de manter a Confederação unida. Talvez eles tenham a intenção de varrer os Djiin do mapa nesse processo, talvez não. Por enquanto, existem apenas duas possibilidades: a interpretação de Joubert e a interpretação de Graf.

Porém, para essa história fazer sentido, é preciso haver uma terceira explicação, algo que ninguém jamais esperaria. Do contrário, é tudo previsível demais, caramba.

Muito bem, continua Blank, depois de uma pequena pausa para se concentrar. Graf passou por dois povoados gangi, e nos dois os moradores tinham sido dizimados. Já enterrou o soldado branco que enlouqueceu, e agora não sabe mais o que pensar. Nesse meio-tempo, enquanto ele se aproxima lentamente de Land, seria interessante separar as duas principais questões com que Graf se confronta. A questão profissional e a questão particular. O que Land está fazendo nos Territórios, e onde estão sua mulher e sua filha? Para ser bem sincero, essa questão doméstica me entedia. Ela pode ser resolvida de várias maneiras, mas são todas constrangedoras: banais demais, surradas demais, nem vale muito a pena pensar nelas. Uma seria: Beatrice e Marta fugiram com Land. Se Graf os encontrar juntos, ele jurou que mataria Land. Ou ele consegue cumprir sua promessa ou não, mas a esta altura a história descamba para um mero melodrama em torno de um corno que tenta defender sua honra. A segunda seria: Beatrice e Marta fugiram com Land, mas Beatrice morreu — ou por causa da epidemia de cólera ou por causa das dificuldades da vida nos Territórios. Vamos supor que Marta, agora com dezesseis anos, tenha se tornado mulher e esteja viajando com Land como sua amante. Que faz Graf, nesse caso? Ainda tenta matar Land, assassinar seu velho amigo enquanto sua única filha implora pela vida do homem que ama? Ó papai, por favor, papai, não faça isso! Ou será que Graf resolve passar uma borracha no que aconteceu e esquecer a história toda? De um jeito ou de outro, isso não convence. A terceira seria: Beatrice e Marta fugiram com Land, mas as duas morreram. Land não mencionará o nome delas a Graf, e esse elemento da narrativa se torna uma pista falsa morta e enterrada. Trause pelo visto era muito jovem quando escreveu essa história, e não me surpreende que não tenha chegado a publicá-la. Ele se meteu num beco sem saída com as duas mulheres. Não sei que solução teve o caso, mas aposto um bom dinheiro como foi a segunda — que é tão ruim quanto a primeira e a terceira. No que me diz respeito, eu preferiria esquecer Beatrice e Marta. Digamos que elas tenham morrido durante a epidemia de cólera e não falemos mais nisso. Pobre Graf, claro, mas, se se quer contar uma boa história, não se pode ter dó de ninguém.

Certo, diz Blank, pigarreando enquanto tenta recuperar o fio da narrativa, onde estávamos? Graf. Graf sozinho. Graf vagando pelo deserto, montado no seu cavalo, o bom e fiel Branquinho, em busca do esquivo Ernesto Land...

Blank se cala. Uma nova idéia lhe passou pela cabeça, uma inspiração demoníaca e devastadora que provoca uma onda de prazer por todo o seu corpo, desde os dedos do pé até as células nervosas do cérebro. Num único instante, tudo se esclarece para o velho, e, enquanto ele contempla as conseqüências desastrosas daquilo que agora sabe ser a escolha inevitável, a única escolha exeqüível numa miríade de possibilidades que disputam espaço, começa a socar o peito, a sapatear e a sacudir os ombros, deixando escapar uma louca cascata de riso convulsivo.

Espere um pouco, diz Blank, erguendo a mão para seu interlocutor imaginário. Apague tudo. Agora já sei. Vamos voltar para o começo. Quer dizer, para a segunda parte. Vamos voltar para o começo da segunda parte, quando Graf cruza a fronteira e entra nos Territórios Estrangeiros. Esqueça o massacre dos Gangi. Esqueça o segundo massacre dos Gangi. Graf se mantém longe de todos os assentamentos e povoados djiin. Os Decretos de Não-Entrada estão em vigor há dez anos, e ele sabe que os Djiin não vão aceitar de bom grado sua presença ali. Um branco viajando sozinho nos Territórios? Impossível. Se o encontrarem, ele pode se considerar morto. De modo que se mantém à distância, restrito às vastas regiões despovoadas que separam as diferentes nações umas das outras. Está à procura de Land e de seus homens, sim, e topa, de fato, com o soldado desvairado, mas o que encontra é algo completamente oposto daquilo que buscava. Numa planície árida, ao norte da região central dos Territórios, um trecho muito parecido com as planícies salgadas de Utah, ele dá de cara com uma montanha de cento e quinze cadáveres, alguns mutilados, outros intactos, todos apodrecendo e se decompondo ao sol. Não são corpos de Gangi, não são corpos de nenhum membro das nações djiin, e sim de homens brancos, de brancos em fardas militares, ao menos os que não foram despidos e desmembrados, e, ao perambular algo trôpego em meio àquela massa nauseabunda e pútrida de massacrados, Graf descobre que uma das vítimas é seu velho amigo Ernesto Land — deitado de costas com um buraco de bala na testa e com um enxame de moscas e larvas cobrindo-lhe o rosto semicomido. Não vamos nos demorar na reação de Graf a esse horror: o vômito e o choro, os uivos, os rasgos na roupa. O que importa é o seguinte. Como seu encontro com o soldado desvairado ocorreu duas semanas atrás, Graf sabe que o massacre deve ser bem recente. Mas, acima de tudo, o que importa é o seguinte: ele não tem a menor dúvida de que Land e seus homens foram mortos pelos Djiin.

Blank faz uma pausa para soltar outra risada, mais contida que a anterior, talvez, mas mesmo assim uma risada capaz de expressar simultaneamente contentamento e amargura, porque, embora feliz com a reformulação da história segundo seus próprios desígnios, Blank sabe que se trata de uma história medonha, e um lado dele recua horrorizado com o que ainda resta para contar.

Mas Graf está enganado, diz ele. Graf não sabe nada a respeito do esquema sinistro para o qual foi arrastado. Ele é o bode expiatório, como se diz em cinema, o trouxa que o governo encontrou para pôr as engrenagens em movimento. Estão todos metidos na história — Joubert, o Ministério da Guerra, De Vega, o bando inteiro. Sim, de fato Land foi enviado aos Territórios como agente duplo, com instruções para provocar os Djiin a invadirem as províncias ocidentais, o que desencadearia a guerra que o governo tanto queria. Land, porém, fracassa em sua missão. Passa-se um ano, e, como não acontece nada em todo esse tempo, os homens no poder concluem que Land os traiu, que por um motivo ou outro sua consciência deve ter levado a melhor e ele fez um acordo de paz com os Djiin. De modo que idealizam um novo plano e enviam um segundo exército aos Territórios. Este não parte de Ultima, e sim de outra guarnição estacionada várias centenas de quilômetros ao norte, com um contingente bem maior que o primeiro, ao menos dez vezes maior, e, com mil homens contra cem, Land e seu bando de idealistas chinfrins não têm a mínima chance. Sim, você me ouviu certo. A Confederação envia um segundo exército para aniquilar o primeiro. Tudo em sigilo, claro, e, se um sujeito como Graf fosse enviado para descobrir o paradeiro de Land, iria concluir naturalmente que os responsáveis pela pilha de cadáveres malcheirosos e mutilados eram os Djiin. É nesse ponto que Graf se transforma na figura-chave da operação. Sem o saber, ele é agora a pessoa que vai dar início à guerra. Como? Ao receber permissão para escrever sua história naquela acanhada cela em Ultima. Primeiro De Vega usa a tática do espancamento, e Graf é submetido a surras constantes durante uma semana inteira, mas isso é apenas para infundir-lhe o temor a Deus e convencê-lo de que está prestes a ser executado. E, quando um homem acha que está prestes a morrer e lhe permitem que escreva, ele vomita a alma no papel. De modo que Graf faz o que querem que ele faça. Conta sobre sua missão de encontrar o paradeiro de Land e, quando chega ao massacre descoberto nas planícies salgadas, não omite nada, e descreve a ação execrável até o último detalhe sangrento. Esse é o ponto crucial: uma testemunha ocular faz uma descrição vívida do que ocorreu, na qual toda a culpa recai sobre os Djiin. Quando Graf termina sua história, De Vega apossa-se do manuscrito e o libera da prisão. Graf fica atônito. Esperava ser fuzilado, e lá está ele, recebendo um belo bônus por seu trabalho e sendo levado de volta para a capital numa carruagem de primeira classe, e de graça. Até ele chegar em casa, o manuscrito já foi habilmente editado e enviado a todos os jornais do país. SOLDADOS DA CONFEDERAÇÃO MASSA-CRADOS PELOS DJIIN. Um relato em primeira mão de Sigmund Graf, vice-diretor assistente do Bureau de Assuntos Internos. Graf encontra a população inteira da capital em polvorosa, clamando por uma invasão dos Territórios Estrangeiros. E compreende então o quão cruelmente fora enganado. Uma guerra daquelas tinha o potencial de destruir a Confederação, e no fim havia sido ele, ele sozinho, o fósforo que acendera o fogo mortal. Ele vai até Joubert e exige uma explicação. E, depois de as coisas terem dado tão certo, Joubert não tem o menor pudor em lhe contar tudo. Em seguida oferece uma promoção a Graf, com um aumento subs-tancial de salário, mas Graf apresenta sua própria sugestão: Eu me demito, diz, e sai da sala, batendo a porta. Naquela noite, na escu-ridão de sua casa vazia, ele empunha um revólver e mete uma bala na cabeça. E é isso. Fim da história. *Finita, la commedia.*


Blank falou sem parar durante quase vinte minutos, e agora está cansado, não só por ter forçado as cordas vocais, como porque já estava com a garganta irritada desde o começo (poucos minutos antes, havia destripado o mico no banheiro), e diz as frases finais de sua história com uma aspereza perceptível na voz. Fecha os olhos, esquecendo que uma ação como essa provavelmente trará de volta a procissão de seres fictícios vagando às cegas pelos ermos, a multi-dão dos malditos, dos que não têm rosto, dos que acabarão por cercá-lo e arrasar com ele, mas dessa vez a sorte poupa Blank dos demônios, e, quando ele fecha os olhos, se vê de novo no passado, sentado numa cadeira de madeira que ele acha que se chama cadeira Adirondack, num gramado qualquer de interior, em algum lugar rústico e remoto que não consegue identificar, com verdes prados ao redor e montanhas azuladas ao longe, e o tempo está quente, quente como é quente no verão, com um céu límpido e o sol jorrando sobre sua pele, e lá está Blank, muitos anos atrás, ao que tudo indica, de volta aos tempos em que era jovem, sentado na cadeira Adirondack, com uma criança pequena no colo, uma menina de um ano, vestida com uma camiseta branca e uma fralda branca, e Blank olha nos olhos da menininha e fala com ela, que palavras, ele não saberia dizer, porque essa excursão ao passado se desenrola em silêncio, e, enquanto Blank fala com a menininha, ela o fita com uma expressão séria e atenta nos olhos, e ele se pergunta agora, deitado na cama, com os olhos fechados, se essa pequena pessoa não seria Anna Blume no início da vida, sua amada Anna Blume, e, se não for Anna, se a criança não seria porventura filha dele, mas que filha, ele se pergunta, que filha e qual é o nome dela, e se ele é o pai de uma criança, onde está a mãe e qual é o nome dela, ele se pergunta, e então assume o firme propósito de não se esquecer de indagar sobre essas questões a próxima vez que entrar alguém no quarto, para ver se descobre se tem casa em algum lugar, com mulher e filhos, ou se teve alguma vez uma mulher, ou se teve alguma vez uma casa, ou se esse quarto não é o lugar onde ele sempre morou, mas Blank está prestes a se esquecer desse propósito e, portanto, vai se esquecer de fazer essas perguntas, porque está extremamente cansado agora, e a imagem de si mesmo numa cadeira Adirondack, com uma criança pequena no colo, acabou de sumir, e Blank adormeceu.

Graças à câmera, que continuou tirando uma foto por segundo durante todo este relato, sabemos sem dúvida nenhuma que o cochilo de Blank dura exatos vinte e sete minutos e doze segundos. Ele poderia ter continuado a dormir bem mais que isso, mas agora entrou um homem no quarto, e dá palmadinhas no ombro de Blank, numa tentativa de acordá-lo. Quando o velho abre os olhos, sente-se inteiramente recuperado por essa sua breve passagem pela Terra do Sono e senta-se na mesma hora, alerta e pronto para o encontro, sem o menor vestígio de tonteira a lhe embaçar a mente.

O visitante parece ter uns cinqüenta e tantos anos, quem sabe sessenta, e, assim como Farr antes dele, veste calça jeans, mas, ao passo que Farr estava de camisa vermelha, a camisa desse homem é preta, e, se Farr havia entrado no quarto de mãos vazias, o homem de camisa preta carrega uma grossa pilha de pastas nos braços. Seu rosto é muito familiar a Blank, mas, como aconteceu com tantos outros rostos que ele viu no dia de hoje, seja nas fotografias seja em carne e osso, o velho não consegue de jeito nenhum atribuir-lhe um nome.

O senhor é Fogg?, pergunta ele. Marco Fogg?

O visitante sorri e balança a cabeça. Não, diz. Receio que não. Por que o senhor imaginou que eu fosse Fogg?

Não sei, mas, quando acordei, agora há pouco, de repente lembrei que Fogg deu uma passada por aqui mais ou menos nesta mesma hora, ontem. Pensando bem, isso foi um pequeno milagre. O fato de eu ter lembrado, digo. Mas Fogg entrou aqui. Tenho certeza disso. Para o chá da tarde. Jogamos cartas por um tempo. Conversamos. E ele me contou uma porção de piadas engraçadas.

Piadas?, pergunta o visitante, indo até a escrivaninha, girando cento e oitenta graus a cadeira e sentando-se com a pilha de dossiês no colo. Assim que ele se acomoda, Blank levanta-se, avança alguns centímetros, arrastando os pés, depois senta no pé do colchão, mais ou menos no mesmo lugar que Flood ocupara mais cedo.

Exato, piadas, continua Blank. Não me lembro de todas, mas teve uma que eu achei muito boa mesmo.

O senhor se importaria de contá-la para mim?, pede o visitante. Estou sempre à cata de boas piadas.

Posso tentar, responde Blank, e depois se cala por alguns momentos, para pôr as idéias em ordem. Deixe-me ver, diz. Hum. Deixe-me ver. Acho que começa assim. Um sujeito entra num bar em Chicago, às cinco da tarde, e pede três uísques. Não um depois do outro, e sim os três de uma vez. O barman fica meio intrigado com esse pedido inusitado, mas não abre a boca e serve o que o homem pediu — três uísques alinhados no balcão, um do lado do outro. O sujeito toma todos eles, um por um, paga a conta e vai embora. No dia seguinte, lá está ele de novo, às cinco da tarde, e pede a mesma coisa. Três uísques de uma vez. E no dia seguinte, e todo dia durante duas semanas. Por fim, a curiosidade leva a melhor sobre o barman. Não é minha intenção bisbilhotar, diz ele, mas o senhor vem aqui todo dia, já faz duas semanas, e sempre pede seus três uísques, e eu só queria saber por quê. A maior parte das pessoas pede um de cada vez. Ah, diz o sujeito, a resposta é muito simples. Eu tenho dois irmãos. Um mora em Nova York, o outro em San Francisco, e nós três somos muito chegados. Como forma de honrar nossa amizade, sempre vamos a um bar, às cinco da tarde, pedimos três uísques e em silêncio brindamos à saúde uns dos outros, fingindo que estamos todos juntos no mesmo lugar. O barman meneia a cabeça, entendendo finalmente o motivo do estranho ritual, e esquece o assunto. O sujeito continua a aparecer no bar por mais quatro meses. Chega todo dia às cinco da tarde, e o barman lhe serve os três drinques. Até que acontece algo. O homem aparece uma tarde, no horário habitual, mas dessa vez pede só dois uísques. O barman fica preocupado e, tomando coragem, resolve dizer: Não é minha intenção bisbilhotar, mas todo dia, durante os últimos quatro meses e meio, o senhor veio aqui e pediu três uísques. Agora pediu dois. Sei que não é da minha conta, mas espero que não tenha acontecido nada com sua família. Não aconteceu nada, não, diz o sujeito, muito animado e alegre como sempre. Então o que foi?, pergunta o barman. A resposta é muito simples, diz o homem. Eu parei de beber.

O visitante tem um acesso prolongado de riso, e, ainda que Blank não lhe faça coro, afinal já conhecia o fim da piada, ele assim mesmo sorri para o homem de camisa preta, satisfeito consigo próprio por ter conseguido contar tão bem a piada. Quando por fim a hilaridade cede, o visitante olha para Blank e pergunta: Sabe quem eu sou?

Não tenho certeza, responde o velho. Não é Fogg, de todo modo. Mas não resta dúvida de que já o vi antes — várias vezes, acho eu.

Sou seu advogado.

Meu advogado. Isso é bom... muito bom. Eu estava mesmo querendo vê-lo hoje. Temos muito que conversar.

Sim, diz o homem de camisa preta, dando tapinhas na pilha de documentos e pastas em seu colo. Temos um bocado sobre o que conversar. Mas, antes de começarmos, quero que dê uma boa olhada em mim e tente lembrar meu nome.

Blank olha atentamente para o rosto magro e angular do homem, espia os olhos grandes e cinzentos, examina o queixo, a testa, a boca, mas no fim tudo o que consegue é exalar um suspiro e balançar a cabeça, derrotado.

Eu sou Quinn, senhor Blank, diz o homem. Daniel Quinn. Seu primeiro operador.

Blank geme. Está morto de vergonha, a tal ponto constrangido que uma parte sua, a parte mais íntima, tem vontade de se enfiar num buraco e morrer. Por favor, me perdoe, diz. Querido Quinn — meu irmão, meu camarada, meu amigo leal. São esses malditos comprimidos que venho tomando. Eles ferraram minha cabeça, e já nem sei ao certo o que faço.

Fui enviado pelo senhor para mais missões que qualquer outro, diz Quinn. Está lembrado do caso Stillman?

Um pouco, responde Blank. Peter Stillman. Junior e Senior, se não me falha a memória. Um deles usava roupas brancas. Esqueci qual era, agora, mas acho que era o filho.

Perfeitamente correto. O filho. E houve também aquele estranho caso com Fanshawe.

O primeiro marido de Sophie. O louco que sumiu do mapa.

Correto outra vez. Mas não podemos nos esquecer do passaporte, também. Uma questão de pouca monta, creio, mas foi trabalho duro do mesmo jeito.

Que passaporte?

O meu passaporte. O que Anna Blume encontrou quando o senhor a enviou na missão dela.

Anna? Você conhece Anna?

Claro. Todos conhecem Anna. Ela é mais ou menos uma lenda por aqui.

E merece ser. Não há mulher como ela neste mundo.

E por fim, mas não menos importante, tinha minha tia, Molly Fitzsimmons, a mulher que se casou com Walt Rawley. Eu o ajudei quando escreveu suas memórias.

Walt do quê?

Rawley. Também conhecido como Walt, o Garoto-Maravilha.

Ah, sim. Isso já faz um tempão, não faz?

Correto. Um tempo enorme.

E depois?

É só. Depois disso, o senhor me aposentou.

E por que eu faria uma coisa dessas? O que eu estava pretendendo?

Eu já tinha servido todos aqueles anos, e chegou minha hora de partir. Os operadores não duram para sempre. Faz parte do trabalho deles.

Quando foi isso?

Em 1993.

E em que ano estamos agora?

Em 2005.

Doze anos. O que tem feito da vida desde que... desde que o aposentei?

Tenho viajado, a maior parte do tempo. A esta altura, já visitei quase todos os países do mundo.

E agora está de volta, trabalhando como meu advogado. Fico feliz de que seja você, Quinn. Sempre achei que podia confiar em você.

E pode, senhor Blank. Foi por isso que me deram esse encargo. Porque estivemos juntos por muito tempo.

Você tem de me tirar daqui. Acho que não agüento mais.

Isso não vai ser fácil. Há tantas acusações contra o senhor, que estou me afogando na papelada. O senhor precisa ter paciência. Bem que eu gostaria de poder lhe dar uma resposta, mas não faço idéia de quanto tempo vai levar para resolver tudo.

Acusações? Que tipo de acusações?

De todos os tipos, infelizmente. De indiferença criminosa a molestamento sexual. De conspiração para cometer fraude a homicídio por negligência. De difamação de caráter a homicídio doloso. Quer que eu continue?

Mas sou inocente. Nunca fiz nenhuma dessas coisas.

Esse é um ponto discutível. Tudo depende de como se encara a questão.

E o que acontece se perdermos?

A natureza da punição ainda não foi determinada. Um grupo advoga clemência, um perdão amplo e abrangente para todas as acusações. Mas outros querem sangue. E não são poucos, não. Há toda uma gangue, e estão ficando cada vez mais veementes.

Sangue. Não compreendo. Está falando de sangue de *morte*?

Em vez de responder, Quinn enfia a mão no bolso da camisa preta e tira um papel, que ele em seguida desdobra a fim de compartilhar com Blank o que está escrito ali.

Houve uma reunião há exatamente duas horas, diz Quinn. Não quero deixá-lo com medo, mas a certa altura alguém se levantou e chegou a propor o seguinte como solução possível. Eu cito: *Ele deverá ser arrastado pelas ruas até o local de sua execução, e, uma vez lá, ser pendurado e esquartejado vivo, e o corpo deverá ser aberto, o coração e as tripas arrancados, e as partes secretas cortadas e atiradas ao fogo, diante de seus olhos. Em seguida a cabeça deverá ser separada do corpo, e o corpo deverá ser dividido em quatro quartos, a ser dispostos segundo nossa vontade.*

Adorável, diz Blank, suspirando. E qual foi a doce alma que apresentou esse plano?

Não importa, diz Quinn. Só quero que tenha uma idéia do que estamos enfrentando. Vou lutar pelo senhor até o fim, mas precisamos ser realistas. Do jeito que estão as coisas no momento, é bem provável que tenhamos de fazer alguns acordos.

Foi Flood, não foi?, pergunta Blank. Aquele homenzinho odioso que veio me ver e me insultou hoje de manhã.

Não, na verdade não foi Flood, mas isso não significa que ele não seja uma pessoa perigosa. O senhor fez muito bem em recusar seu convite para ir ao parque. Mais tarde, descobrimos que ele havia escondido uma faca no paletó. Seu plano era matá-lo assim que o senhor saísse do quarto.

Ah. Bem que eu imaginei. Aquele bostinha desgraçado que não serve para nada.

Sei que é duro ficar enfurnado neste quarto, mas sugiro que continue aqui, senhor Blank. Se alguém mais o convidar para dar uma volta no parque, invente uma desculpa e diga não.

Quer dizer então que existe mesmo um parque?

Sim, existe mesmo um parque.

E os pássaros. Eles estão na minha cabeça ou são de verdade?
Que tipo de pássaros?
Corvos ou gaivotas, não sei dizer ao certo.
Gaivotas.
Então devemos estar perto do oceano.
Foi o senhor mesmo quem escolheu o local. Apesar de tudo
o que está havendo aqui, o senhor nos reuniu num lugar muito
bonito. E eu lhe agradeço por isso.
Então por que não me deixa ver essa beleza? Não posso nem
abrir a maldita janela.
É para sua própria proteção. O senhor quis ficar no último
andar, mas não podemos correr nenhum risco, concorda?
Não vou me suicidar, se é isso que está querendo dizer.
Eu sei disso. Mas nem todos são da mesma opinião que eu.
Esse é mais um daqueles seus acordos, é?
Como forma de resposta, Quinn dá de ombros, baixa os
olhos e examina o relógio.
O tempo está se esgotando, diz. Trouxe comigo os documen-
tos de um dos casos, e acho que devemos cuidar disso agora. A
menos que esteja se sentindo cansado demais, claro. Se preferir,
posso voltar amanhã.
Não, não, responde Blank, acenando com o braço, em sinal
de enfado. Vamos ver isso já.
Quinn abre a pasta de cima e tira dali quatro fotos vinte por
vinte e cinco em preto-e-branco. Depois roda na cadeira até
Blank, entrega-lhe as quatro e diz: Benjamin Sachs. Esse nome
lhe diz alguma coisa?
Acho que sim, responde o velho, mas não tenho certeza.
É uma das mais sérias. Uma das piores, a bem da verdade,
mas, se conseguirmos montar uma defesa convincente contra
essa acusação, talvez possamos estabelecer um precedente para
as outras. Está me entendendo, senhor Blank?

Blank faz que sim com a cabeça, mas não diz nada; já começou a olhar as fotos. A primeira mostra um homem alto, desengonçado, de uns quarenta anos, empoleirado na grade de uma saída de incêndio no que parece ser o bairro do Brooklyn, em Nova York, olhando a noite em frente — mas, quando Blank passa para a segunda foto, de repente o mesmo homem perdeu o equilíbrio e está despencando no escuro, uma silhueta de membros esparramados, pega em pleno ar, mergulhando em direção ao solo. Isso já é inquietante o suficiente, mas, quando Blank chega à terceira fotografia, sente um frêmito de reconhecimento passar por seu corpo. O homem alto está numa estrada de terra qualquer, no interior, e balança um bastão de metal de beisebol para um homem barbudo, em pé na frente dele. A imagem ficou congelada no instante preciso em que o bastão entra em contato com a cabeça do barbudo, e, pela expressão em seu rosto, está claro que o golpe o matará, que, em questão de segundos, ele estará caído no chão, com o crânio esmagado, e o sangue jorrando do ferimento e empoçando em volta do cadáver.

Blank agarra seu próprio rosto e puxa a pele com os dedos. Está tendo dificuldade para respirar, pois já sabe o que há na quarta foto, ainda que não consiga lembrar como nem por que sabe, e, porque consegue antecipar a explosão da bomba caseira que vai estraçalhar o corpo do homem alto e lançar pedaços do corpo dele aos quatro ventos, não tem força para olhar para ela. Em vez disso, deixa que as quatro fotografias escorreguem das suas mãos e caiam no chão, e então, levando aquelas mesmas mãos ao rosto, cobre os olhos e começa a chorar.


Agora Quinn se foi, e, de novo, Blank está sozinho no quarto, sentado à escrivaninha com a esferográfica na mão direita. O acesso de choro parou há mais de vinte minutos, e, enquanto ele abre o bloco e vira a página para chegar à segunda, diz consigo: Eu estava apenas fazendo meu trabalho. Se as coisas dessem errado, ainda assim o relatório teria de ser feito, e não posso ser acusado de ter dito a verdade, posso? Em seguida, concentrando-se na tarefa que havia pela frente, acrescenta mais três nomes a sua lista:

John Trause
Sophie
Daniel Quinn
Marco Fogg
Benjamin Sachs

Blank larga a caneta, fecha o bloco e empurra os dois para o lado. Percebe então que estava torcendo para receber uma visita de Fogg, o homem das histórias engraçadas, mas, ainda que não haja relógio no quarto nem em seu pulso, o que significa que ele não faz idéia das horas, nem mesmo de forma aproximada, pressente que a hora do chá e do papo descontraído passou. Talvez, logo mais, Anna volte para lhe servir o jantar, e, se por acaso Anna não vier e aparecer outra mulher ou outro homem para substituí-la, ele vai protestar, comportar-se mal, espernear e berrar, provocar tamanho rebuliço que até o teto vai sair voando pelos ares.

Por falta de coisa melhor para fazer no momento, Blank resolve continuar com suas leituras. Logo abaixo da história de Trause sobre Sigmund Graf e a Confederação, há um manuscrito mais longo, de umas cento e quarenta páginas, que, diferentemente do trabalho anterior, vem com uma capa que traz o título da obra e o nome do autor:

Viagens no scriptorium
de
N. R. Fanshawe

Ah-ah, diz Blank em voz alta. Assim, sim. Talvez estejamos chegando a algum lugar, afinal.

E volta-se então para a primeira página e começa a ler:

O velho está sentado na beira da cama estreita, mãos espalmadas sobre os joelhos, cabeça baixa, olhando fixo para o chão. Não faz idéia de que há uma câmera instalada no teto, bem em cima dele. Em silêncio, o obturador clica de segundo em segundo, produzindo oitenta e seis mil e quatrocentas fotos a cada revolução da Terra. Mesmo que ele soubesse que está sendo vigiado, isso não faria a menor diferença. Sua mente está em outra parte, perdida em meio às fantasias que lhe passam pela cabeça enquanto busca uma resposta para a pergunta que o atormenta. Quem é ele? O que faz aí? Quando chegou e quanto tempo vai ficar? Com um pouco de sorte, o tempo nos dirá. Por enquanto, nossa única tarefa é examinar as fotos com o máximo de atenção e evitar tirar conclusões apressadas.

Há uma série de objetos no quarto, e na superfície de cada um deles foi grudada uma tira de esparadrapo, com uma só palavra escrita em letras de fôrma. Na mesa-de-cabeceira, por exemplo, a palavra é MESA. Na luminária, a palavra é LUMINÁRIA. Mesmo na parede, que não é um objeto no sentido estrito da palavra, há uma tira de esparadrapo em que se lê PAREDE. O velho ergue a cabeça por alguns instantes, vê a parede, vê a tira de esparadrapo colada na parede, e pronuncia suavemente a palavra *parede*. O que não se pode saber, a esta altura, é se ele está lendo a palavra na tira de esparadrapo ou apenas se referindo à própria parede. Pode ser que não saiba mais ler mas ainda reconheça as coisas pelo que são e consiga chamá-las pelo nome, ou, ao contrário, talvez tenha perdido a capacidade de reconhecer as coisas pelo que são mas ainda saiba ler.

Ele usa um pijama de algodão listrado de amarelo e azul, e seus pés estão calçados com chinelos pretos de couro. Não sabe ao certo onde está. No quarto, sem dúvida, mas em que prédio fica o quarto? Numa casa? Num hospital? Num presídio? Não lembra há quanto tempo está aí nem a natureza das circunstâncias que precipitaram sua remoção para esse lugar. Talvez tenha estado aí desde sempre; talvez esse seja o lugar onde viveu desde o dia em que nasceu. Só o que sabe é que seu coração está repleto de um implacável sentimento de culpa. Ao mesmo tempo, não consegue se livrar da sensação de estar sendo vítima de uma injustiça terrível.

Há uma janela no quarto, mas a persiana está fechada, e, até onde ele lembra, ainda não olhou lá para fora. Tampouco olhou para a porta com sua maçaneta branca de louça. Vive trancado ou é livre para ir e vir como bem entender? Ainda precisa investigar essa questão — sim, porque, como foi dito no primeiro parágrafo deste relato, sua mente está em outra parte, perdeu-se no passado, enquanto ele passeia entre os fantasmas que tem amontoados no cérebro, tentando responder à pergunta que o atormenta.

As fotos não mentem, mas também não contam a história inteira. São apenas um registro da passagem do tempo, a evidência exterior. É difícil, por exemplo, estabelecer a idade do velho com base nessas imagens em preto-e-branco levemente desfocadas. O único fato que pode ser afirmado com alguma certeza é que ele não é jovem, mas a palavra *velho* é um termo elástico e pode ser aplicado a gente com qualquer coisa entre sessenta e cem anos. Vamos, por isso, deixar de lado o epíteto *velho* e passar a chamar a pessoa que está no quarto de Blank. Por enquanto, não há necessidade de um primeiro nome.

Blank finalmente se levanta da cama, fica imóvel por uns instantes para se equilibrar, depois arrasta os pés até a escrivaninha no outro extremo do quarto. Sente-se cansado, como se tivesse acabado de acordar de algumas horas irrequietas e insuficientes de sono, e, enquanto as solas dos chinelos raspam nas tábuas nuas do assoalho, lhe vem à mente o ruído de uma lixa. Lá muito longe, além do quarto, além da construção em que se situa o quarto, ele ouve o grito abafado de uma ave — talvez um corvo, talvez uma gaivota, ele não sabe identificar...

A essa altura, Blank leu tudo o que conseguiu agüentar, e não achou a menor graça. Num rompante de raiva e frustração reprimidas, atira o manuscrito por cima do ombro com uma guinada violenta do pulso, sem se incomodar nem mesmo em virar a cabeça para ver onde ele vai parar. Enquanto o calhamaço se agita no ar e depois cai no chão com um baque atrás dele, Blank esmurra a escrivaninha e diz em voz alta: Quando é que vai acabar este absurdo?

Não vai acabar nunca. Porque Blank é um de nós agora, e, por mais que se debata, tentando entender sua sorte, estará sempre no escuro. Creio que falo por todos os seus pupilos quando digo que ele está tendo o que merece — nem mais nem menos. Não como forma de punição, e sim como um ato de suprema justiça e compaixão. Sem ele, não somos nada, mas o paradoxo é que nós, fantasias de outra mente, sobreviveremos à mente que nos fez, porque, uma vez atirados no mundo, continuamos a existir para sempre, e nossas histórias prosseguem sendo contadas, mesmo depois que morremos.

No decorrer dos anos, Blank talvez tenha agido com crueldade em relação a alguns de seus pupilos, mas não há um só, entre nós, que ache que ele não fez tudo o que estava a seu alcance para nos servir bem. É por esse motivo que planejo mantê-lo onde está. O quarto é seu mundo agora, e, quanto mais tempo durar o tratamento, mais ele aceitará a generosidade do que vem sendo feito por ele. Blank está velho e fraco, mas, enquanto permanecer no quarto, com a janela fechada e a porta trancada, nunca morrerá, nunca desaparecerá, nunca será nada além das palavras que estou escrevendo na página dele.

Em pouco tempo, uma mulher vai entrar no quarto e lhe servir o jantar. Ainda não decidi quem será essa mulher, mas, se tudo correr bem daqui até lá, vou mandar Anna. Isso deixará Blank feliz, e, tudo somado, é provável que ele já tenha sofrido o bastante por um dia. Anna servirá o jantar a Blank, depois fará o asseio dele e o porá na cama. Blank ficará acordado no escuro por algum tempo, ouvindo os gritos das aves ao longe, mas depois os olhos finalmente vão pesar, e suas pálpebras se fecharão. Ele vai adormecer, e, quando acordar de manhã, o tratamento começará de novo. Mas, por enquanto, continua sendo o dia que sempre foi, desde a primeira palavra deste relato, e agora é o momento em que Anna dá um beijo no rosto de Blank e o põe na cama, e agora é o momento em que ela se levanta da cama e começa a andar em direção à porta. Durma bem, senhor Blank.

Apagam-se as luzes.

ESTA OBRA FOI COMPOSTA EM ELECTRA POR OSMANE GARCIA FILHO E
IMPRESSA PELA GEOGRÁFICA EM OFSETE SOBRE PAPEL PÓLEN BOLD DA
SUZANO PAPEL E CELULOSE PARA A EDITORA SCHWARCZ EM FEVEREIRO DE 2007